U0565776

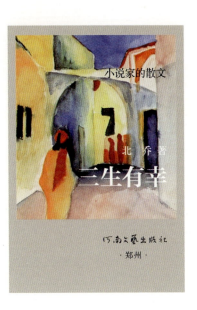

小说家的散文

北 乔 著

三生有幸

河南文艺出版社
· 郑州 ·

作者简介

北乔，江苏东台人，作家。出版长篇小说《新兵》《当兵》、小说集《天要下雨》、文学评论专著《约会小说》《刘庆邦的女儿国》《诗山》、散文集《远道而来》和诗集《临潭的潭》等15部。曾获解放军文艺大奖、黄河文学奖、乌金文学奖、三毛散文奖、林语堂散文奖、海燕诗歌奖、刘章诗歌奖等多种奖项。

目录

辑三　看着月亮吃月饼

辑一　寻找失落的心跳

书是我友

书是我的朋友。它们是一群值得我依赖,让我心动,可以真诚地抚摸我的朋友。我有许多书,因而我就有了许多朋友。

书,面相不同,各有性情,自然喂肥了我各样的欲望。之于我,如同五谷杂粮山珍海味,如同烟酒女人。但绝不是金钱,我总以为书香铜臭终不能混杂在一起,虽说无钱就无书。这是一种无奈。人生之中,此种无奈实在是太多了,多得不值一提。

有些书,我从未翻过,静静地安卧在书架上,我与之默默相对,彼此无言无语地交流。我想,我是永远不会去惊醒这样的朋友的。世上有许多东西,不一定非要走进去,只要相安无事地注视,便是一种大享受。这些书之于我就是如此。三更有梦书当枕,我的床头就有几本这样的书,睡前看看其形容,会睡得很踏实很香甜。平日当我躁动不安时,看着它们,我会安静下来。它们是一群能够十分宽容于我的朋友。

有些书,是老学者,穿着考究,庄严肃穆,一肚子的学问,在我腹空时,可以尽情地毫不客气地去趸我所需的货色。真如《礼记·学记》中云:"善待问者如撞钟。叩之以小者,则小鸣;叩之以大者,则大鸣。"对它们,我真的很不敬,走投无路时有求于它们,而平日却丝毫不理它们。这和我遇到老学者的情形是一样的。无事时,在路上碰到,因敬畏因羞愧绕道闪过;一旦撞上难题,只好壮着胆子登门。有时候,这些书会让我觉得自己很无知很卑微。不要紧,没有外人。它们是一群才情俱佳的朋友,而且坦荡无私,从不掖藏私货。只有书这样的朋友才会如此。不是吗?

有些书我不多读,一个片段,一节,一章,全书的一半,足矣。这就像朋友共处时一样,并非都得彻夜长谈,并非都得将心窝里的话一股脑儿地掏出来,有时一句话甚至一个细微的动作就能使两颗心贴得很近很近。而那些滔滔不绝之后,说不定什么都不会留下。

有些书,我只在抑郁孤独的时候与之约会。孤独是与生俱来的,是人的一块无法消退的胎记。男人女人那样的朋友,可以分担我的孤独,稀释我的孤独。而书不同,它可以为我探寻孤独之于生命的意义,可以让我看到孤独那灰色的影子。书是孤独的,我也是孤独的,孤独与孤独相遇,我浸淫在孤独中久了,孤独就会离我而去。星光进入我的体内,孤独的影子自然消失了。好像有谁说过:"放一本书在脚下,飞起来才不会孤单害怕。"但那些一读就打哈欠的书不在此列。

有些书，我只在快乐无忧时与之畅谈。这些书是些侃侃而谈、无所顾忌的朋友。白天，我们得去说许多我们本不愿说的话，做一些我们本不愿做的事，还得温文尔雅，彬彬有礼，做出老老实实、心甘情愿的样子。这时不需要了，剥去一切不想穿的外衣，或坐或卧，尽情地狂语狂欢吧。

还有些书，我可以一边看电视一边胡乱地翻阅，看多少，记得多少，全是无关紧要的。这帮朋友，真是知我心，从不怪罪我的怠慢、我的不专心。它们对我，就像童心未泯的大人望着贪玩的孩子一样，不呵斥，不动粗，笑容满面地欣赏着。

有些书，是不能随随便便就去读的，它们是我高贵的朋友，我得净手，将烟酒甚至是茶都丢得远远的，才能与之私语。就是我走过书架时，常常也放慢脚步缓缓而行。

朋友送的书，更是我的朋友了。新到时，我会好好地读一读，而后置于书架的醒目处。我会常常多看它们两眼。它们还在呢！我会念起我远方的朋友。

书是我的朋友，因而我从不认为有"苦读"一词的存在，更厌恶"苦读"，也不喜欢"书海无涯苦作舟"这句话。当然，我们可以有各种各样的理由读书，可以是消遣，可以是排忧，可以是求知，可以是寻找刺激，可以是赚钱之道……但绝不可为了读书而读书。

与不与它们相伴，与谁相交，自主权在我这里，我可以宠它们，也可冷落它们。没人拿枪顶着我。某一日，我厌恶它了，可以置之不理。某一日，我兴致来了，又能与之重叙旧情。

如此的朋友，恐怕只能是书。

我的淘书生涯

　　家乡有句关于小孩喜好的俗语:"冬天爱烧火,夏天喜淘米。"对孩童而言,烧火就是烤火,淘米就是戏水。我小的时候,也不例外。玩归玩,米还是要淘净的,否则沙砾硌牙事小,挨大人的训斥划不来。站在没膝的水里,一手提淘箩,一手搅拌浸在水中的米,凉快、有趣。泥沙漏下,稻壳浮上来,小沙砾、小虫子什么的现在眼前,一一将它们捏住扔进河里。这是在我那河网密布的家乡。倘若在山区,恐怕小孩子就要被赶着去洗沙淘金了。我想,都是淘,心境一定大不一样。淘书是否由淘米启发而来,不得而知,可能与淘金的血缘更近。但不管怎么说,一个"淘"字,真是恰当。这个"淘"字,说尽了读书人的艰辛、无奈和更多的喜悦。

　　我的淘书生涯始于喜欢淘米的年龄。谁家搬家,我去凑热闹,在满是尘土的乱堆里挖出本小人书,没人见到时往口袋里一揣,身边有大人,就张口要。那时候,对家乡的人来说,只有台案上的红宝书动不得，其他的书在本质上是一样的，是擦腚、糊窗、剪鞋样等的用料。随大人走亲访友，我的小眼珠滴溜转，为的就是在哪个角落里发现一本我没有而又喜爱的书。

这算是序曲吧。我想，我的真正淘书生涯是从入伍之后起步的。

我的习惯是上街必进书店（没有书店的地儿，蹲在小书摊边瞅几眼也成），出书店手中必有书，缺一，我浑身不自在。进了书店，那些人少或干脆没人的角落是我先去的地方。旧书摊是我心驰神往的地方。这不是因为我爱旧书，而是我认定那一堆堆无人问津的旧书中，总有朋友在等我，也许已等了数十年，数百个春秋也说不准。

也许从小养成的习惯，我喜欢帮人搬家、倒腾办公室。其私心是在此种状况下，可以淘到被他人视为废纸而之于我为宝贝的书。那一年，我一好友打电话向我叫苦，说是他父亲留下的书装了好几大箱，要迁新居了，却整天愁着如何把书从六楼送到距家近一公里的废品站，要我带几个兵去救急。真是天上掉馅饼。结果是皆大欢喜，我的朋友去了一块心病，我白得了不少好书。我真想天天有这样的好事，可老话说得好，"好花不常开，好事不常有"。不过小打小闹还是不断的，我的那帮朋友中，有些是不爱书或从不沾书的，因此他们一发现有书可淘的事都能及时知会我一声。真得谢谢这帮朋友，虽然好朋友间是无须言谢的。

1997 年 10 月的一天,我在北京西三环一带撞见一个租卖合营的小书店。书店里供卖的书并不多,我瞄上了书架上一排租借的书,都是老版本首次印制,最早的是 1917 年,书好价贱。看店的是个十七八岁的小女孩,坐在那儿呆看窗外的车流人流。我问她:"这书有人租吗?"她一喜:"你要租?"我说:"这种书租的人不看,看的人不租。"她说:"是啊,是啊,放在这儿都半年了。"我一看机会来了,就说:"放在这儿也是白放,不如卖给我吧。"女孩拿不定主意,本来嘛,这些书是只租不卖的。我开始鼓动她,说什么没人租就不能生钱,空占有资金,要卖了,多少是钱,老板知道一定夸你头脑灵活等等的话。磨了近半小时的嘴皮子,女孩下定决心卖给我。我心里狂喜,可表面上一点儿也不显山露水。31 本书,才 92 块 4 毛钱。出了书店,我不敢回头,几乎是一路小跑,心想,这哪是在淘书,纯粹是在偷书。我不知道,后来那个女孩有没有挨老板的骂。如果有,在此我向她道歉。不过,这也不全怪我,谁叫那些书让我眼热心动的呢? 嘿嘿。

过去淘书,大多是从好书中淘好书,而今更多的是从坏书中淘好书,是真正的"淘金"。书市是红火了,但盗版的书充斥其中,一不留神,就得吃"苍蝇"。况且,现在的书价太高,高得离谱,非我等一介书生能承受,只能在淘上下功夫了。

有一年在秋季的北京书市上,我转悠了近一天,只买了一本书(整个书市上仅此一本)——曹文轩的《红瓦》,花了三块钱,绝对的正版。这是一本我心仪的书,在许多书店,我都未能与它相遇。现在想起来,在那人声嘈杂书如海的书市上,它是在默默地等我,而我是在苦苦地觅它。彼此相互拥有,好啊!

淘书,也是一门学问。没有技法不得要领的胡乱淘,是淘不到好书的。当然,在这里我就不充当说教者了。

淘书,本身就是一种乐趣。这和淘米似乎有些相像。有时这种乐趣与读书的乐趣等同甚至有过之而无不及。我喜欢更需要这种乐趣。

我的童年只有半卷书

书，在我的童年是一个稀罕物。

我没有上学用的课本，一直是几个同学合用的。那些课本不属于我，我也不惦记，落得个上学从不背书包的轻松劲儿。那些有课本的同学，对课本也不当回事儿。对于我们这些乡村孩子来说，泥巴、弹弓之类的东西才是我们最亲密的伙伴。

那时候，村里人家都有一套《毛泽东选集》，大人们称之为"红宝书"。条桌摆在明间北墙的正中央，上面有紫铜色的烛台、紫褐色的香柱和袅袅盘旋的丝烟。条桌上方是一张有真人般大的画像，画中人慈眉善目。这是毛主席。再傻的乡下孩子也认识。在两座烛台的中间摆着四本红红的塑料皮包着的书，静静地卧着，仿佛一个沉思冥想的神灵。红宝书不是用来看的，是供奉着的，根本轮不到我们这些小孩子翻阅，摸都不让摸一下。

我真正有一本书，是在我十二岁的时候。一天，母亲像得了宝贝似的从外面带回家一本书,这书厚厚的黄黄的,母亲说这下子可有纸剪鞋样了。书被母亲放在条桌的抽屉里,好多天后的一个午后,我实在无事可做想从抽屉翻点东西时,才打量起书名。《斯巴达克斯》,这名字真拗口。我试着看起来,许多字我还不认识,而且每个人的名字都让我头晕,不过故事挺吸引人的。

这是下卷,一开头就是角斗士们准备起义,军队已经知道了起义的情报正在进行包围控制,斯巴达克斯和几个同伴心急如焚地飞奔。我与斯巴达克斯同样紧张,不,比他还紧张。因为我除了要关注他的命运,还要防备母亲回家。家里抽屉里的东西历来都是母亲的宝贝,只要她发现我动过,那送给我的将是一顿打。外面有了动静,我连忙把书放回抽屉,可心里放不下啊。就这样我这个成天就知道玩,被母亲说成"没心没肺"的孩子,突然间就有了心事。我会时时注意母亲的举动,只要被我逮到机会,我就会与《斯巴达克斯》碰面,长的时间有个把小时,短的也就十来分钟。

与书分开时,我常常会走神。和小伙伴玩得正开心时,我想到了斯巴达克斯,就会独自找个僻静的地方傻傻地想,回味看过的章节,想象下一步的故事。许多时候,我会用我与孩子们玩打仗游戏积累的经验替斯巴达克斯出谋划策,建议他下一步该如何行动。我费了不少脑子,可斯巴达克斯总是比我高明。我这样一个调皮的孩子王,一下子不怎么爱玩了。小伙伴都不知道我怎么了,有时他们会追问我,可我没法说书的事,说了他们肯定会笑我:"嘁,一本书就把你闹成这样,有没有出息啊?"那时候,我们比的是谁馊主意鬼点子多,谁能折腾会玩。

书,我看得很慢,一方面是我在家而母亲不在家的时间少;另一方面,书中的字,书中的句子,我读起来确实很费劲。就这样,这本书,我从春天读到夏天,总算翻到了最后一页。说实话,书中的许多事情我无法理解,但有一个画面一直像钉子样揳在我心里,直到如今依然如此。

就在我写这篇文章时,我对《斯巴达克斯》全部的印象就是发黄的纸张、一个名字和这个画面。斯巴达克斯在战斗中与数百名敌人厮杀,后来他只能跪在地上立着盾牌挥动短剑,他的周围有许多尸体。一位跪着的英雄从此就站立在我的心里。我总是在想象斯巴达克斯脸上的表情、短剑的光芒和他那挺直的腰杆。

我一直没有看《斯巴达克斯》的上卷,起先是找不到,后来我可以拥有许多书时,我又不想读了。我觉得不需要再看上卷,有这样一幅画面与我的生命同在,足矣。

有意思的是,读完那本书的冬天一个夜晚,母亲在油灯下取出这本书要做鞋样时,我佯装不在意地翻书。母亲瞅了我一眼说:"怎么,想看书了?"母亲的语气中有惊讶,好像也有欣喜,我没有搭腔。母亲接着又说:"想看书,好啊,那就看吧,等你看完了,我再用。"唉!早知道这样,我何必要提心吊胆地看了两个季节。

不过,现在想来,那一段读书的经历,是后来所没有的,也似乎是最有滋味的。

阳光草堂

目光从取景框移至稿纸,放下相机,握紧一支笔。目标的移动,牵引的是整个思维,搞了八年摄影的我,最后的去向是退居二线。所幸,小小的成绩,让我多少算得上是光荣退休。一个偶然的时间,偶然地遇上一人,进行了一次偶然的谈话,我有了一个偶然的选择。一切都尽在偶然之中。文学,真诚地接受了这种偶然。这是我始料未及的。

未搞文学时,我不太喜欢看书,但非常喜欢买书,有时甚至到了挥金如土的田地。从书店出来时,满脸是如获至宝的神情。一到家,胡乱地翻一通,就在破纸箱里替书找个安身之处,从此几乎不再翻阅。

字没写一个,先把书挨个儿请出来。一居室的房子,没我的阵地。宽一米、长两米三的阳台,成了我的书房。书,贴着地垫块木板往上摞,借用缝纫机做书桌。

进驻阳台,拥有书房,是在冬天。全封的铝合金窗户多少能起点抵挡风寒的作用。况且我是有备而"战",脚蹬羊毛大头鞋,身裹大衣,手戴露五指的毛线手套,虽然咱缺脂肪层,但仍旧温暖如春。沉浸于书香之中,如沐旭光。伏案疾书,写我所想写的,一沓稿纸一支笔,任凭天马行空,纵横万象,谈古道今,不变,亦乐乎。有了好心情,寒冷又能奈何我。

业余创作,能占用的只有业余时间,幸好有了双休日,这业余的容量增加了不少。假日的白天,坐在这书屋里,有苍天所赐的恩典。阳光啊!有了阳光,外头虽然冻得伸不出手,我这书屋里简直比春天还春天。兴致上来,学起文人的趋风附雅,得意扬扬给我的书房取名:阳光草堂。信手拈来,自我感觉良好。

过了冬天,再过春天,接下来是夏天。到了夏天,尤其是盛夏,这阳光草堂可就不是人待的。蚊子多,热气大,喷灭蚊灵,点蚊香,我不愿意。我怕蚊虫被屠杀的同时,我的灵感也会遭到灭顶之灾。吊个电扇,凉快是凉快些,可凉风不识字,乱翻书瞎搬纸,我受不了这种为所欲为。反复权衡之后,我把自己关进蒸笼与蚊子为伍。虽然穿个短裤,但半个小时下来,俨然个打铁的。时不时地还要阻止蚊子的入侵,亮起巴掌奋起反抗。案子上多了两样东西,毛巾和冰棍,功能是一样的,降温去汗。看书,与智者交流;写作,和自己对话,常常是忘记周围的一切存在。区区几只蚊子,一笼子热气,算得了什么。这种恶劣的环境,倒是孕育了我对文学的迷醉,而且已到了不能自拔的程度。一本本书被我吞下,一篇篇文章从阳光草堂出嫁。

艰苦奋斗了一年,我终于有了一个三居室。书房终于名正言顺。一间十一平方米的卧室,一张床,一排书架,一张书桌,并装备了降温和取暖的武器——冷暖空调。这样的书房,虽说不上上档次,但我已知足。

为庆祝我的阳光草堂乔迁之喜,我自己和自己一气干了五杯白酒。此种胜利之时不喝庆功酒,更待何时。

由于设计上的原因,我的书房唯一的窗子是朝着楼道开的。坏处显而易见,无论天空多么晴朗,阳光多么灿烂,书房里不开灯,都是一片黑暗。但我并没有改阳光草堂这名儿。

这样做,我是有理由的。拥有一方书香天地,拥有一方倾泻情感的天地,我心里充满了阳光。那书,那方格纸,就是一束束阳光。

我想写首诗

今夜,我想写首诗,写一行行只属于我的文字。

窗外的朔风呼呼乱叫,那不是我的呼吸,也不是我行走的姿势。

月亮有些羞涩,有点朦胧,可我能看到她表面的灰尘和她抑郁的神情。你是我的,也不是我的。我是你的,也不是你的。我们彼此拥有,又自为一体。我的灵魂在天上,那你的呢? 是不是潜进了我的心里? 我不知道。你能不能告诉我?

人们说,天已经很冷了,屋檐下挂满闪闪的冰凌,所有的动物都已进入昏昏沉沉的冬眠,世界也如一个熬了夜晨起的人。起来吧,醒来吧,这个世界需要奔跑的人们。

我看到长安街上有一条蛇在游动,姿态优美,灵活潇洒,有着高高昂起的头和一双淡蓝色的眼睛。我没对任何人说,说了他们也看不见,更不会相信。

我是醉了,还是睡了?反正我的灵魂睁着明亮的眼睛——警惕巡逻哨兵的眼睛。

我的心跳停止了,我的呼吸游丝般若有若无,我的躯体变得很轻很轻,和光线一样的轻。

有人在唤我。是的,有人在低低地叫着我的名字——我的乳名。灯光太暗,幽幽的,好似我的视线。响起敲门声,我开门,没有人,只有空空阴阴的走廊和那似有似无的灯光。是谁叩门?不是我。是我,真的是我。门是我敲的,可我并没有敲门的动作。

一个晚上,我总坐着,有烟,有酒,有咖啡,还有一颗悬在夜空的脑袋——没有眼睛没有耳朵没有鼻子的脑袋。

今夜,我真的想写一首诗,让她在天籁中飘飞。

那就从第一个字第一个笔画第一个落点起程吧,我的诗歌,我的吟唱,自然少不了我的呼吸和心跳。

我要回家了,虽然我搞不清哪里是我的家,甚至是栖身之地。我的脉搏弹起一首曲子,像风像雨像潺潺溪水……什么都像,什么都不像。也许,只是一首曲子。只要是音符缀成的,就行了。尽管如此,我分明看到了音符在舞蹈在雀跃在疯狂在祈祷在对着大海高山嘲笑。

一团火烤灼着我的手指,黑色的火焰给了我一点点的温暖,美丽的造型紧抓我的手。我的马我的词语我的思想在颤抖,遗失了行囊、脚印和半瓶既清又浊的水。

19

来吧,孩子,跟我踏上天堂之路,那里的风景,那里的文字,那里的血液,总能喂饱你的微笑。这是谁的声音?

今夜,我真的好想写首诗……

写作的奇葩习惯与极简模式

写作,是一种极普通的劳动,或者爱好。作家,本就是普通人,只是喜欢写作而已。职业,会影响人的气质和行为。如果非要说作家与众不同,那么,任何一种职业,任何一种爱好,都会使你与众不同。

正如每个人都有自己的习惯,作家写作时,也有自己的偏好。只不过,一旦戴上作家的帽子,这些习惯就被视为奇葩之举。

法国作家雨果常常叫仆人把他的衣服偷去,这样他就不能够外出,只好待在家里继续写作。

挪威剧作家易卜生,认为瑞典剧作家斯特林堡是他的对头,所以他总要把斯特林堡的像放在他的写字台上,与他相对,才能写出好的剧本。

德国作家席勒的书桌抽屉里,总搁着一些烂苹果,当他一时找不出合适的词语时,就打开抽屉,吸上几口烂苹果气味,然后在弥漫着浓浓的烂苹果气味的房间里继续写作。

美国作家海明威、英国诗人沃尔夫、意识流小说家伍尔夫都习惯于站着写作。

美国政治家兼作家富兰克林、法国剧作家罗斯丹则情愿泡在浴缸里写作。

大仲马数十年都在一种特别的蓝色纸上创作其所有的小说，而写诗用黄色纸，写文章则用粉色纸。

福楼拜写作时，每张十行稿纸上面只在第一行写上铅笔字，其余九行都保持空白，留着修改用。

以上这些，都是我从书中读来的，难以考证，或许是传说，或许经过润色或夸张。

说说我身边的几位作家，他们的写作习惯，是真实可信的。

莫言先生一直用笔写作，遇上电脑，就文思枯竭。八十三天写出长篇小说《酒国》四十五万字的初稿。这速度，笔只能飞起来了。他说这话是前几年，不知这两年有没有与电脑和解。

刘庆邦先生晚上睡得早，总在早上五点左右开始写作。当然，也是一支笔、一沓稿纸，和电脑一向不对付。庆邦先生说，早起后，头脑清醒，思路活跃。唉，我就不行，一个上午，脑子基本上都处于迷糊状态。

柳建伟先生在写《突出重围》之前，为了研究长篇小说的结构，专门把一部长篇（是哪位经典作家的经典之作，我想不起来了)拆开,反复琢磨。在构思阶段,像拟订作战计划一样,用路线图的方式,绘制出详细的结构、人物关系和重要的叙述节点。

记不得是哪位作家告诉过我,他写作前,一定要净手,要焚香。

李敬泽先生在《书房八段》中,就书房的面积、朝向和书作了细致的分析。但印象最深刻的还是这句话"现在就有了一个定律:书房的面积和写作的产量、质量成反比"。这说明,作家的写作习惯,都是在寻找自己喜欢的状态,激活灵感的一种方式。

作家的所谓写作习惯,不过是摸到了自己的把柄,对自己下手很准。

要改变习惯,有时的确很痛苦。那些以电脑代笔的作家,想必都有一个痛苦或别扭的过程。

我最初写作,是用铅笔,而且得自动铅笔。稿纸是方格纸,开始是三百字一页的,总觉得不得劲。偶遇四百字一页的稿纸,觉得特别舒服。为了这状态,我专门印制了许多这样的稿纸。只是,印得太多,写得太少,后来,都成了废纸。其实,在写作时,我常常不会按格子规矩地写,但没有这样的格子纸,我的脑子就一片荒芜。四百字的格子纸,已经不是我的写作工具,而让我保持某种仪式感。

1999 年下半年,我下定决心用电脑写作。不下这决心,也没办法。我写出的文章,都是请单位的战士誊写。一来,我的字特别丑,二来,我尝试过自己抄写,但边抄边改,又容不得一页纸上出现涂改,所以,这活儿,我确实干不了,从没完整抄完自己的一篇文章。从江苏到北京,再也找不到人帮忙抄写了。

坐在电脑前,我的脑子是没电的。没招儿,先在稿纸上写,然后往电脑里输入,在电脑上修改。这一过程持续了三个多月。这年年底,《解放军报》曹慧民先生约我写篇一千五百字左右的文章,当晚就要。我是个守信的人,答应的事,一定会照办。文章必须如期完成,我又给自己下命令,这文章,死活都得在电脑上写。那好,不再手写,直接上电脑。我考虑了近一个小时,打了提纲,然后第一次真正意义上用电脑写作。

那晚,这篇短文因为此前想得成熟,简直是呼之欲出,我打字速度也不慢,又经历了好几个月的适应性训练,但还是花了四五个小时,其间的郁闷、无助,难以言说。

好在,这如同一个坎儿,过了,就顺畅了。也就从那天起,我再也没有用笔写作。

到甘南临潭后,我常常用手机拍照。原因其实很简单。这里是高原,山多路险,坐车如同坐船一样难受。经常要下乡,路程少则一两个小时,动不动就是六七个小时。司机开着车,我时常摇下车窗玻璃,拍点照片,以这样的方式来消解路上的不适反应和恐惧感。

我发现用手机拍照还有好处。我混在人群中,假装看手机,悄无声息地就完成了抢拍。

这一年来,我的照片,基本上都是用手机拍的,要么是在正常行驶的车上随手拍,要么是在行走中的偷拍。

最初,我只发图片,后来有朋友向我诉苦,图片太多,太压抑,放些文字吧。实话直说,我有些懒,不愿意为几张照片写上一篇文章。懒人,总有偷懒的法子。我不写大块的文章,只为图片配上少许的文字。为了虚张声势,也为了调节图片间的节奏,我把文字分行。

我有博客有公众号,但在手机上操作,极不方便。至于微博,是方便快捷,但九张图,显得不够劲。

后来,我遇上了一款手机软件,简书。这简书,确实好用。有公众号的排版优势,有微博的方便快捷。在颠簸的车上,我就可以发出图文并茂的文章。又拍又写,路上的我,有事可做,曾经的艰难,化身为爽。其实,这样的手机软件,不只有简书。遇上,是一种缘分,喜欢上,是一种欣喜。

总是有朋友说我在写诗。好吧,那我就真写诗。

写了个把月,我发现,我所有的诗都是在手机上写的,都是在简书这一软件上现写现发的。反正,在简书发布后,仍然可以随时修改、删除。

待我反应过来时,这样的写作,已经凝固成我诗歌写作的习惯。前段时间,我尝试过用电脑写诗,或在笔记本上打草稿,都以失败告终。

　　既然已成习惯，那就不打破了。这样也好，写散文、小说和评论，需要大块的时间考虑和写作，而诗歌可以充分利用零碎时间。手机与简书的组合，我还可以坐着、站着、躺着、趴着，穷尽一切姿势，在一切空间下写诗。

　　写诗，并非是要把那些边角料式的时间充分利用起来。我们把时间填得满满的，不虚度时光，不一定就是幸福的、快乐的、充实的。有时，我们可以什么也不做，只要那些碎片时间，有自己的光芒，不孤独，不寂寞，就好。是的，我们也许不应该只顾着用时间做什么，也应该想想帮时间做些什么。

　　走上写诗之路，有简书陪伴我，那些点滴时间，不再是生活的弃儿。写作，至少是诗歌写作，不再需要找整块的时间，泡好咖啡，沏好茶，椅子和桌子，都得让自己舒服。

　　如此极简的书写方式，与其他的写作仪式，是一种绝配的互补。

　　这真好！

这书,还真没读完

读一本五百多页的长篇小说,一个长假的时间,实在富足有余。

我没有看半截书的习惯。当然,那种阅读前就打定主意只是翻翻的,不在其列。大部头的书,我都会按既定时间读完。

安·兰德的《阿特拉斯耸耸肩》(上、下),足足好几块砖头厚,我也就用了四天时间。是的,夜里常读到三四点。那些需要啃骨头的劲儿才能读的书,比如乔伊斯的《尤利西斯》,公认的晦涩难懂,极考验阅读耐力。我也如愿读完了。读得细,但懂得少,后来又重读一次,依然没能悟出多少。尽管如此,我是认认真真读完的。

这个长假,我的阅读第一次遭遇到阻击战。对手是任晓雯的长篇小说《好人宋没用》,不,真正的对手是作家任晓雯。一部一块多砖头厚的长篇,从时间上,我没有理由不打个漂亮的阅读战。

先找些理由安慰一下。比如，难得的长假，睡觉高于一切；比如从5月开始学写诗，目前还处于极度亢奋期；比如身在高原，有些缺氧，脑子不够用。

我知道，这些理由根本不值一提，顶多只能为自己虚构一丝丝没有重量的安慰。

任晓雯的小说，我是爱看的。精读的是她的短篇小说集《阳台上》。听说，同名电影已经开拍了。想象一下，坐在影院里看《阳台上》，有点意思。要是看碟片，坐在阳台上看《阳台上》，或许有大意思。

当时，我在评论《安静地倾听普通人呼吸》一文中写道："任晓雯小说中的人物大多是生活在底层的人们，是那些围绕在我们周围却又常常被我们忽视的普通人。她所叙述的也是普通人的生活，他们的不幸与苦难、弱小与平凡、灰暗与光芒。"

书没到时，我看到了简介，写的依然是小人物，还是极其没用的小人物。书寄来后，腰封上的几行字，更让我急切地想读。

可是，我终究没读完，不但没读完，而且只读了一百四十五页，还不到全书的三分之一。

问题到底出在哪儿？

我是苏北人，盐城东台的，宋没用是盐城阜宁的。

读了二十来页，我就相当迷糊了。在我印象中，任晓雯是上海人，可《好人宋没用》中的苏北气息是如此的浓郁。虽说上海的文化底子有多半是苏北的,但那种强烈的在场感,没有亲身体验是难以企及的。难道她是成年后去上海的? 我找任晓雯释疑,她的确是上海人,作品背景等,是依靠阅读大量资料悟化的。

答案有了,但并没有有效推进我的阅读。

《好人宋没用》让我真切地回到故乡现场,尤其是人物身上那真实的苏北味儿,那语腔,那做派,时常让我迷失在想象与现实之间。

我到甘南,已经一年了。乡愁,自然是积攒到了一定量了。《好人宋没用》让我潜回了故乡。我相信,专业性的阅读,是有一定的免疫力的,不至于完全陷入作者的叙述中,至少,能时常警惕地跳出来。

面对《好人宋没用》,我不行了,第一次不行了。我被任晓雯的想象带到了故乡,而我又知道,这是想象式的旅行。我受不了了,实在是没有勇气看下去。我真的怕看到了某一刻,扔下书,不顾一切地启程回故乡。可是,故乡在,父母已不在。我若回去,梦中美好的故乡,在现实中很可能就变成一把刀,扎进我胸口。

在我印象中,此前任晓雯没有写过两部长篇。她本人长得柔弱,估计让她扛上一二十本《好人宋没用》,有些够呛。真没想到,在写作上,她的爆发力,如此强悍。我倒不是说写作的爆发力与作家的体格体能有关。事实上,众多看似手无缚鸡之力的作家,叙述的力量足以把我们摔趴下好几回。

我想说的是,任晓雯这样一位作家,从短篇到长篇的摆渡,经过《岛上》和《她们》两部长篇的历练后,竟然如此强势,出人意料。

是的,我在阅读中,总是不由自主地在任晓雯和作家任晓雯的极柔极强之间恍惚。

我真的难以专心阅读。

《好人宋没用》是我近两年来遇上的最具力量的一部作品。宋没用看似是个没用的人,活在生活的重压下,步步惊心,步步艰难,但又活出了韧性和善良。这是一部有关普通人生活的作品。而说到底,回到内心深处,我们都是普通人。我们不是宋没用,可我们又都是宋没用。

这恰恰是这部作品的力量所在。

我从没在一本书尚未读完时,说出自己的感受,写下一些文字。任晓雯的《好人宋没用》是个例外。

但我知道,我会读下去的,一定还不只是一遍。

只是,在此前,我得打理一下自己的情绪,强壮一下心脏。再阅读时,绝不在河的两岸间晃荡,干脆一直就沉在河里,让河水完全吞没我。

我得承认,面对强大的作品,需要足够的阅读勇气!

耍不耍花腔都是李洱

两个人待在不足十平方米的房间里,有烟有茶,还有他极得意的咖啡。咖啡机是我提供的,咖啡杯是我弄来的,咖啡豆是我们俩一起去买的,但热腾腾、香喷喷的咖啡,是他李洱的杰作。他会截去咖啡倒入杯中之前的所有,让得意覆盖所有的浓香。我想品咖啡,先得领受他比咖啡神奇许多的语言,当然这些语言都是有关咖啡的。听他非凡得意地白话一通,咖啡凉了,咖啡的香全钻进他的词语里。

我想我的目光已经失去,因为李洱的话语不仅左右了我的听觉,还俘虏了我的视觉和味觉。偶尔,我会挣脱,总会想,这个瘦弱的家伙,脑袋不大,脑门也不是特别亮,语言的能量为何如此强悍?他的思维是变幻莫测的,语词飘忽,但能牵牢你的思绪。如果有不变的,那就是他的笑声。在我的印象中,他的笑声总是同样的音量,同样的节奏,同样的质地,同样的情绪。无论先前是怎么坐着的，一笑起来，浑身极度放松，有点儿"葛优瘫"的架势，就连嘴巴也无多大变化，偏偏笑声在房间里激荡。这笑声里有收敛，也有放纵；有低回，也有高亢；有正能量，也会夹杂一些低俗。如果能详尽解读这笑声，似乎就可以知会真实的李洱。可惜，我无此能力。我只能说，许多时候，李洱在我的记忆中没有具象，只有这既透彻又浑然不知的笑声。

人都说李洱小说写得好，我倒觉得李洱的说话才华远胜于他的小说。换句话说，李洱该是小说家中最会聊天的那个。一件小事，一个片断，经他言说，就相当的精彩、有趣。我常常在想，他这哪是在聊天，根本就是在写小说。无论在什么场合，只要他开口，光芒就会全聚在他的唇齿间。只要相识的人，他总能编排出趣事。李洱的口头叙述一如他的小说那样虚虚实实，总摆脱不了真诚真切的"大忽悠"的嫌疑。但有一点是确定的，故事里的玩笑和尴尬，一定没有他李洱。在这方面，他把自己择干净的才能同样是天才型的。原本，他是生活的参与者，甚至是导演者，但到了讲述时，竟然一切与他毫无瓜葛。当然，那些放得上台面的荣光和机灵，他不会拱手于他人。

喜欢与李洱闲聊，因为这是极富挑战性的时光。谈天说地，花样百出，一招接一招，只是，无论如何的神游，如何的感性，他总会在某个节点顺利过渡到文学。谈及文学理论和文本感悟，写小说的李洱溜了，一个学者型的批评家迎面而来。每到这时候我就在想，这李洱，要是抽点时间搞文学评论，又要盖住多少人的风头。我得承认，我总会被他的思维火花烫着。编排现实中的趣事，他是精彩之人，进入文学的话题，他是精到的，活泛的才情肆意横流。无论是深沉还是激昂，他的口若悬河是显而易见的。这河里，有鱼有虾，还有许多的奇异神妙。散落在桌上、沙发上和地上的书，还有远在图书馆或别的什么地方的书，都被他搅活了。我恍惚了。李洱钻进了那些书里，成为书的一部分，还是很不正经地坐着的李洱是本书？

是的，生活中的李洱比他的《花腔》还花腔，《石榴树上结樱桃》的事，随时随地都在上演。他的随性，他的活灵活现，让人感受到他的轻盈，甚至是童真的泛滥。

无论去哪儿，李洱都会背着他那已经泛旧的皮包，里面有极沉的笔记本电脑以及电脑里洋洋洒洒的文字。有几次，我拎起他的皮包，心里总是一颤，快乐的李洱，有着不为人知的沉重。我的经验是，当他情绪陷入低谷，沉重压在心头时，最好的办法就是借机批评他、训斥他，给他上一堂连我自己都不一定相信的人生课。只要他不沉默，能开口，一切就清风徐来了。人后的李洱，是什么样子的，没人知道。对我而言，只有一个画面一直刻在记忆里。当然，这是李洱自己讲述的，不同的是，讲述这一细节时，他一反往常的眉飞色舞、词语晃动。在我的印象中，这是他仅有的一次白描式的、最正经的叙述。某天的饭局之后，他打车回家。他说当时有些醉有些累。醉，我不信。他的酒量并不大，酒胆一般，豪情比二锅头烈。"淹死的都是会游泳的，能喝的才会醉"，李洱这样的酒场小量大侠，不会醉的。当然，第二天，或者数天后，说到某次喝酒，他一定能神采飞扬地自夸那天他是如何的酒灌肝肠，醉得如何的一塌糊涂。千万别当真，他的言辞早把你灌晕了。不过，他说累，我是相信的。其实不只是累，是众多的压力把他整得沉重了。下了出租车，离家还有一站路呢，他没走，坐下了，坐在马路牙子上。昏暗的灯光下，一个著名的小说家，这时完全还原为一位中年男人。平常极其敏感的李洱，那一刻愚钝了，甚至彻底麻木了，就连小偷翻动他那宝贝皮包，摸走他的心肝电脑，他也没察觉。

直至千回百转寻回电脑，他再讲述那个夜晚的遭遇时，又神一般回到了我们常见的李洱。这已经没了用了。我只记住了那晚之后的第一个早上的李洱和那时他的讲述。

没收获过文学界的顶尖大奖，但不影响他一流小说家的名头。一个小说家，十多年没小说面世，依然没人敢忽视。十多年前写的《花腔》，现在读来，无论是语言还是无处不在的感觉，仿佛是昨天刚完成的作品，保鲜力居然如此强大。《石榴树上结樱桃》中的乡村，与真实的乡村居然无限的接近。这些都是李洱的独特之处。当然最为独特的是他之于写作的敬畏和自我苛刻。十三年，只为写一部长篇，只专注于一部长篇，这在当下，绝无二人。

《花腔》和《石榴树上结樱桃》，让李洱炙手可热，但他内心相当的冷静。不难想象，这些年，有多少的编辑向他索要小说，有多少人在议论小说家李洱怎么写不出新作品了。对他而言，不谈长篇，写些短篇还些人情，保持著名小说家的热度，不在话下。好像他也不需要以新作品来表明自己作为好小说家的存在，那些一二十年前写的中短篇小说，被多家出版社想着法子出集子，依然应接不暇。一个情绪波动汹涌的李洱，在写作方面面对诱惑，面对质疑，他真做到了不为所动。同一层次的循环，不是李洱所要的，他在自我设定标高，沉稳地自我挑战。一年又一年，长篇还在电脑里，还在头脑里。在我的印象中，这也是他言而无信最极端的个案。当年，在门上贴上"写长篇，迎奥运"，还有些急不可耐的样子，到后来，不断地写，不断地推倒，不断地增，不断地删，写长篇几乎成为他唯一潜在水底的活动。别人替他心急火燎，他四两拨千斤。如此行为，也当是李洱下手最狠的一件事。写作状态中的李洱从厅堂回到厨房，暗暗练功。由此，我也相信人前不正经的李洱，在一个人回到内心时，是多么的正经。

　　这就是李洱，一个大神般的李洱，你永远捉不住他那泥鳅般的言行举止。讲究起来、精细起来，让你诧异；稀里哗啦起来，同样让你转不过弯摸不着头脑。喝茶，要铁壶烧水，水要一种牌子的矿泉水，泡茶要紫砂茶壶，至于茶叶，就取那几种，每一个环节，每一个细节，都细致得如中医针灸的下针。换个场合，粗糙的杯子里漂着茶叶末儿，他照喝不误。上了有档次的饭局，他的表现更上档次。可进了路边的小馆，一两张油腻腻的桌子，五六只缺口张扬的塑料凳子，他也能一屁股坐下，而且很舒服的样子。几串烤肉一个烤羊腰子，他竟天衣无缝地用茅台伺候。对了，这时候，小老板的种种趣事，自然也是他的下酒菜。某天，我们同赴一个饭局，我的感觉是刘姥姥进了大观园，他倒好，居然还能挑出不少毛病，诸如某道菜的刀功差了些，餐巾叠得不够完美，某只盘子的一枚花瓣被磨损了一点。离开饭桌，与众人话别，我们又钻进了他家附近的那个小得不能再小的烤肉铺子。他居然赞扬烤肉上冒出的油花，铁扦的锈迹有岁月的诗意，塑料凳子吱吱呀呀的声音相当美妙。

嘴上跑火车，不影响李洱的心善，许多时候善得出奇，如同他一不留神间的柔弱一样。

我从不指望探知真实的李洱，他的真实在生活中，在他的小说里，但又不在，甚至不在他本名"李荣飞"的一笔一画里。李洱的真实这一时空无处不在，那一时空又缥缈至极。有一点可以肯定，这与他的小说是一样的。

自我认识他的时候，也就是 2010 年，他就说他的长篇就要完成了。这以后，每年每次提及他的长篇，他总是这样的，就是一个多月前他说《收获》就要发他的长篇了，我仍然不相信。没办法，我找不到任何理由相信。不过，这一次是我错了，《应物兄》真的露出水了。

我真的为他高兴,只可惜此时我远在高原,要不然我会对他说:"李荣飞,别神神道道地说话了,给李洱拿酒来,烤腰子嘛,只烤一只,我从不吃那玩意儿。"

故事的背面

小小说,有着很多别称,诸如微型小说、精短小说、超短小说、一分钟小说、掌上小说等,不一而足。如果说长篇小说是一台庞大的机器,我乐意把小小说看作一个小芯片。有时,仅从小说的篇幅来加以比较优劣,是不太妥当的。现在的小说创作,似乎有越长越好的趋势,动辄数十万上百万言。倒不是说小说不能长,长篇多了不好,但像拉面一般硬拉强扯,而无深刻意蕴的敷衍之作不该多。长小说与好小说、大作品并不是等同的。我的理解是,各有各的他者无以代替的位置和作用。有这一点足够了。小小说应在短篇小说之列,它不是中篇、长篇的附属,不是它们的丫鬟,它有自己的独特之处。有人认为长篇小说是一部文学史的标高,是一个作家成为大家的硬通货。这话不中听。古今中外,以短制胜的,大有人在。契诃夫、莫泊桑、欧·亨利、博尔赫斯、鲁迅,等等,他们都是以短见长成为大家的。至于哪一个更难写,这并非由篇幅的长短来决定,而在于作家自身的专长。正所谓巧妙不同,长短不一。就我的观点而言,从小小说到短篇小说到中篇小说再到长篇小说,应是一种较为理想的创作历程。毕竟,宏大,同样离不开精巧。

我愿意将这部集子里的六十九篇小小说、六十九个故事、数百个士兵兄弟看成一个故事一个士兵。我更愿意绕到故事的背后,去与我的士兵兄弟聊天打牌。

从写作速度来说,我花的时间相当短,最快的一个晚上可以完成三篇。我想这得益于我白天就生活在士兵兄弟们中间。创作过程的时间、空间跨度都很大,因此我更广泛地接触了士兵兄弟。这中间,我到过天南海北的许多营区,从而初步读懂了"东西南北中,五湖四海兵"此语的表层含义。许多时候,是这样的:白天,我与他们说晚上我得写什么样的一个兵,而到了第二天早上,他们已在读我笔下的兵。他们在评说的同时,七嘴八舌地鼓动我再写一个什么样的兵。我知道,这兵中间有他们的影子,当然他们是不会说出来的,我也不道破。这一段的写作令我十分的快活。

说起来,我真得感谢《小小说选刊》杂志。我说过,我的写作是因为一位友人的鼓动开始的。最初,我只是写散文,叙述一些生活中的故事和情感。《一根生日蜡烛》就是这样一篇散文,准确地说我是当作散文来写的,只不过为了使故事更为圆满,我对事实进行了加工,掺杂进一些想象的东西。该文在《辽宁青年》发表没多久,有幸被《小小说选刊》转载。收到样刊后,我甚为惊讶,散文怎么就变成了小说呢?我这才开始对创作理想和行为进行梳理,其结果是我似乎悟出了一点有关小说的内涵元素,也才开始进行小说创作。应该说,对我而言,这是一件既有意义又十分好笑的事。

《宝儿》是我真正意义上的第一篇小说,它的意义不仅在于此,而是它的诞生,让我重新审视我生活的营区,重新打量我的士兵兄弟。它与我的第一篇散文《那年夏天的故事》完全不同。自《那年夏天的故事》始,我生活中有一股在相当长的时间里我并不知晓的暗流在涌动,最终影响了我的人生之路,有了一次重新选择(事实上已由不得我选择)生命行走方式的机会。自《宝儿》始,我的灵魂有了一个令我倾心的栖息处,士兵兄弟的情感之弹穿透了我的胸膛。在此前,我有一个充分表达我写作动机的笔名"沙童"。我总以为,我的写作与一个在海边玩沙子的孩童一般。孩童觉得让沙子从指间漏下很好玩,堆一个不能长久的沙塔沙人什么的很开心,他就一心扑在玩沙子上,不管身后大人的呵斥或喋喋不休。而在大人看来,这沙子的确没什么好玩的。此前,我为我取了这样一个笔名而得意。现在,我发觉这一笔名的内涵已无法代表我的创作理想。我已不是一个可以独处自娱自乐的孩童,我身边有一群我不敢忘却也不能忘却的士兵兄弟。我从他们中间走开，我的身躯走离了他们，但我的心永远与他们在一起。我找到了一种最好的想念他们的方法，这就是写作。我要在写作中与他们同在。

故事正如士兵兄弟身上的军装，而故事的背面就是士兵兄弟的心灵。

本文系小说集《口令的味道》后记

小讲评

看着《营区词语》书稿，我想该是来个小讲评的时候了。

先说说《营区词语》尚未出世前的事。在我当兵到第三个年头时，我还未对营区里的词语有什么特别的感觉。走进武警上海指挥学校的大门，听那位王姓（将他的名字忘记是我的罪过，尽管我记得他讲课时的表情姿势，尽管在开始启动《营区词语》后，我就常常想起他，尽管完成后，我一直在努力地打听他的下落，但这一切都无法遮掩我的罪过。我盼望在某一个早上醒来时，那个十分熟悉的名字再次回到我的灵魂里。更渴望有朝一日，能与他重逢。）老师上《部队基层管理》课，我才意识到营区里有如此多如此鲜活如此够意味的词语。王姓老师是一位老基层，他的课是我们唯一不打瞌睡唯一嫌短的课，这缘于他有说不完的营区词语。只可惜，当时我的笔记本不知在哪一次辗转中丢失了。再一次回到我那亲切的部队后，在与兵们的相处中，某一黄昏和某一个兵聊天时,我突然意识到,现今的兵们对营区词语不是陌生就是不知其意。

在那个晚霞映天的黄昏,我萌动了创作《营区词语》的念头。

我愿意把营区看成一条河,我的许多作品里,"营区是条河"这种相似的句子或相近的意象常在不经意中发射到某一个段落里,我真的无法把握准确的击发时机。营区是条河,兵味十足的词语像一条条五花八门的鱼在窜游在蹦跳。如果兵们是营区这条河里的鱼,那么这些词语就是兵们呼吸时吐出的小泡泡。

我承认在我启动《营区词语》时,是力图将营区词语置入军营亚文化的大背景之下,甚至产生过撰写一篇《从营区词语到军营亚文化》的文章来详尽阐释的企图(最终只在内容提要和"开启词语密码,解读军营文化"中留有痕迹),可后来,我放弃了。原因在于,我不愿给营区词语定性,而且我也无能力做这一工作。因而,现在的《营区词语》只是我对这些词语的体验和感悟。再说得白一点,我只是借用了一代又一代的军人词语这个瓶子,装进了我在营区中行走时的所见所闻所思所想。

这为我制造了麻烦,也为别人制造了麻烦。麻烦在于如何给《营区词语》定位,即是何种体裁。这些年来,人们习惯缝制抛售一个又一个具有新鲜商标的口袋,试图装下当下的各种文学作品。口袋,是不是美丽的陷阱,有没有必要,我不作评说。我只是在此检讨:"我不对,我有罪;我不好,我检讨。"

《营区词语》中的词条语录,只是一枚枚子弹,真正实施精度射击的,我以为是朱苏进。这位从小在营区中浸泡的军人作家,在许多小说中,将军人特有的词语用得让我们只能心惊胆战,无其他话可说无其他事可做。这里,我就不引用了,因为就对营区感兴趣的对朱苏进的作品情有独钟的读者和那些不读营区不看朱苏进的读者而言,都是多余的。

营区词语属口语的范畴,它们一方面散落在营区各处,与营区融为一体,植进兵们的心灵,与兵们的血液融为一体;另一方面,它们又在一茬接一茬的兵们唇齿间滑动,可称为唇边的一道风景。此前,从没有人将它们集合起来操练。现在我把它们拉到了一起,列队向我看齐。口头的词语一旦形成文字,会丧失许多最珍贵的东西。我这样做,的确很危险,对此我很清醒。

在此,我还想顺带说一下营区词语的来源。语录的出处与社会上顺口溜的出身基本相同,而词大致有三种情况:一是对军事术语的变通或衍生或延伸或演变,这是最常见最有兵味的一类;二是出自营区生活的某些特点或习俗,这是最有趣的一种;三是兵们家乡的土语与正规军语杂交生成的,这是最生动的一种。

最后,我强调三点:

一、《营区词语》中的词汇语录,均非我创,是千千万万军人的智慧结晶,是营区共有的财富。

二、《营区词语》不是词典,绝无对词语指手画脚之意,只是请它们替我说点话而已。

三、《营区词语》不需要口袋,即便是最好看最新潮的。《营区词语》是属于营区的,营区是它唯一的家。

讲评结束,解散!

本文系散文集《营区词语》后记

我快乐,因为我写作

我在海边的一个小村庄长大,海是黄得像黄河的黄海,有时也如金色的麦田。高中之前,我没去过县城,就连镇子好像也只去过一两次,反正我现在没什么印象。我记忆最深的是,我从小没什么梦想。看到书本上的南京长江大桥和天安门城楼,我全无有朝一日亲眼目睹的想法。那时我最大的向往,就是急切地想长大,不再受伙伴们的欺负。因为我自小瘦弱,和比自己岁数小的孩子打架,总是以被打得哭声震天而告终,泪水渐渐腌制我对强壮的渴望。进入高中后,我迷上了体育,初衷是练点力气不再挨揍,后来的目标转移到了体育比赛上。因为体育,我第一次进了县城,也是因为体育,我来到营区。

直到 1995 年,文字对我总是犹如神灵一般。常有人力劝我搞创作。可我不敢啊,我不敢想象能从我的笔下流出那一行行文字。那年底,我偶尔认识一位部队的文学爱好者。我们相处得很好,他三天两头鼓动我写点散文什么的。某一天,他拿出一篇刚发表的散文让我们欣赏。那是他的一篇有关新兵连的文章,其中的故事,我也有过经历。我的阅读,第一次与写作联系起来。这才有了1996年初我第一篇散文的出现。

这一篇小小的文章,得到当地报社副刊编辑的大力赞扬,让我一下子长了不少的信心,更生出了进入文学的勇气。这篇散文的重要性更在于让我找到一种轻松的快乐。此前,我搞了八年摄影,虽说小有成就,但一天到晚在外奔波找画面,钻进暗房闻刺激的药水味,确实有些累。写作多好啊,坐在桌前,握一管笔在稿纸上天马行空,轻松而开心。我觉得我找到了一种懒散而又充实的生活方式,写作给予我的最初的最低层次的乐趣。

写作,有时也不同程度地满足了我的虚荣心。某年夏天奉学校之命到森林部队基层单位搞一次调研。到了吉林总队一个支队的某个中队,我们无意中谈到了军人与枪的关系。这个支队的参谋长说,他喜欢看军事题材的文学作品,而且是中国和平时期的有关军人生活的散文、小说。他说这些年来,给他印象最深的是一篇特别短的小说。然后,他就饶有兴致地给我们讲述这篇小说的情节,临了,还发了一大段赞誉有加的评论。他记不住这小说的题目,更忘了小说的作者。当他刚说了一个开头,我就兴奋了,那神情就是典型的"小人得意"。因为,他说的就是我的微型小说《枪娃》。等他说完,我故意压抑着心中的得意对他说,小说就是我写的。这参谋长高兴坏了,狠狠地请我吃了一顿,所花的钱不知比我当初所得的稿费要多出多少倍。

其实,我的快乐更多是在写作的过程中。写作,的确是一个奇妙的旅程。正如卡尔维诺所说,写作有些类似于在一个密林中开辟道路,它使我们能够感到它的神秘,它的韵律和节奏,它的呼吸,它的不安的悸动。就是在这样的旅程中,我发现了我与读者、与我笔下的人物和营区对话的快乐。

这些年来,把主要的精力放在写营区写兵上,对"兵们"这个词喜欢至极。每当"兵们"从笔下冲锋而至,我就仿佛回到了我的士兵兄弟中间。我和兵们一起肆无忌惮地抽烟,一支烟大伙儿轮着抽;偷偷地喝酒,倒把茶缸撞得哐当作响,还扯着嗓子嗷嗷乱叫;说连长指导员的坏话,骂排长班长的不是;对某一个女孩谈论不休,开着所有年轻的男孩都开的玩笑。当我苦闷、彷徨时,我就会让兵们包围我、浸染我。兵们如阳光般驱逐走我心中的阴霾,还我快乐。

与兵们相处,真实与想象的界线已消失殆尽,我分不清什么是现实生活,什么是纸上生活。我迷失在"兵们"这一词语里。我需要这种迷失。

让我迷醉的还有营区里大大小小的物品。

我不知道,兵们和营区的物品,究竟谁是真正的闯入者。但我明白,它们将参与士兵的生活,并左右士兵的生命体验。后来,我发现那一件件物品上依附了士兵兄弟的体温、情感和记忆,而且这并不以我们的意志为转移。它们既是兵们当兵历史的一个又一个醒目的路标,又好像是兵们灵魂的另一个栖居地。

物品是物质性的,没有生命和情感,但一旦与兵们的生命和感情相连接,兵们便不自觉地对它们产生了或说得清或难以言表的感觉。对许多兵而言,若干年后,他们可能会忘记营区词语,模糊战友的形容,却总有几件物品让他们难以释怀。当他们回忆营区生活时,往往是某件物品引导他们的,而非某个人、某件事或某句话语。无生命的物品产生的力量,有时远远甚于生命和灵魂。这并非来自神秘,而是因为物品参与甚至是导演了兵们独特的生命体验。

人常说,营区是个特殊的世界。在我看来,这个特殊的世界是由兵们、词语和物品构成的。词语在兵们的唇齿间流动,在营区的天空飘浮。兵们又在词语的丛林中穿行,经受词语的浸泡滋润。与词语和兵们强劲的动感相比,物品是静态的。物品支撑起兵们和词语的生活空间后,就在静静地注视兵们的身影,倾听词语的跳跃,收藏了营区里所有的喜怒哀乐,默记下兵们当兵历史中的每一个细节。正如一些兵说的那样,它们哪是物品,分明是一位位无言的老兵。兵们在无意中道出了营区物品的神韵。"老兵",是对营区物品融生活意味与想象力意味于一体的感受。当我们把营区物品当成老兵之后,兵们与营区物品的种种关系乃至一些颇为神秘的关联便可轻易地解读。

我知道,如果没有写作,我对营区对兵们就不会有如此多的了解,更不会有如此多的与兵们相处的快乐。对此,我要感谢写作。

我的写作快乐还来自对写作的自然心态。我深知,写作的奇妙还在于并不是你想写出什么就能写什么,你渴望写出多好的作品就能写出多好的作品。作者与作品之间,某种的神奇关系,让人不得其解。因而,我只是更多地注重享受写作这一过程,品味过程所给我的乐趣和快感。

平淡,不一定如水

一辆卡车在加速,一个兵在后面追,不停地喊,我的枪,我的枪。驾驶员显然是听到了,扭头看了看车厢里的冲锋枪和焦急的兵,脸上露出恶作剧般的笑容。我严厉地命令驾驶员停车,待那兵从车上取下枪后,我又严厉地批评了他。我的意思很明确,枪是军人的第二生命,那兵下车时忘记了自己的枪,是大忌,驾驶员如此与战友开玩笑,也是大忌。

这其实是一个梦。当年在部队时,我很少做与营区有关的梦,而转业后这十年,梦里常有军旅。有意思的是,我在创作军旅题材作品的期间,从没有做过军旅梦。或许,把军旅记忆写在纸上,也是一种梦。

在部队的时候,我喜欢听老兵讲故事。其实从一开始我就知道,老兵讲的那些事,许多是他们的添油加醋甚至纯粹的想象性编排。每每这个时候,我眼前仿佛有两个人,一个讲故事的老兵,一个故事里的老兵。那时,我并不知道,他们其实是同一个人。后来有一次,一个新兵因外出超时被班长批评了,找这老兵诉苦。老兵说,这事跟条令条例规章制度无关,你也别和我唠叨,说到底,你在和自己过不去。你知道兵该是什么样子,你也想当个好兵,但另一个"你"经常做不到,事,就是这么点儿事。

有意思的是,从军后的第一个十年,我的文学梦还没有发芽。那时,我热衷于新闻报道,尤其对摄影感兴趣。我得承认,我时常操持摆拍或摆中有抓的摄影,但我骨子里喜爱抓拍。那段时间,我给很多战友拍过照片,把他们不经意的瞬间留下来。有不少的照片,给了他们些许陌生感。他们对我说得最多的一句话就是"这照片拍得好玩,是我,可又有些不像我"。记得有位二年度的兵,平时有些散漫,总喜欢说训练没劲,他从不用心。某天,我把他在匍匐训练的一张照片送给他时,他笑嘻嘻接过去,看了一会儿,露出了很认真的表情问我:"这是我吗? 我在训练时会这么的认真?"我没有接他的话,因为我知道,此时的他并不需要我的答案。过了几天,他找到我,请我给他多拍几张这样的照片,他说,照片看了又看,这才是他心中当兵的样子。

是的,当兵得有兵的样子。如此的"军人形象"可能有些粗线条,就像中国的大写意绘画,形不一定饱满,但神韵密实。在更广泛的意义上,整个社会对"军人形象"都有一个相对一致的认知,甚至已渐成为"集体无意识"。这绝不是想象性的建构,而是源于生活本身。这样的"军人形象",是有关军人的本质,虽然有时呈现出来的是军人精神、性格等碎片化的细节。更多的时候,无须多言,或难以用言语准确地表达。随着时代的变化,"军人形象"也在变,变得更加充实,在传承的同时闪耀现代感。

如此,每一个当兵的人,当初都是怀抱对"军人形象"的统一认识入伍的。我一直相信,自步入营区,军装在身,说到底,军人是在进行自我修炼。这完全决定了我的创作理想和实践。表面上看,我的军旅生活和写作,都与战争无关,都是日常营区里的兵家常事。但我不仅是与当代军人的生活对接,更是试图抵达军人真实的内心。

我最初的写作,就爱"兵们"这一指称。或许最早使用的不一定是我,但一直在用、用得最多的,应该是我。我也不止一次地说过,我喜欢"兵们"这个词,尽管这词是仿照"我们"或"你们"生造的。因为这样的喜欢,2007年,我一本散文集的书名就是《天下兵们》。我对这个词充满了感情,缘于它给我带来的亲切感以及难以替代的内蕴。能与此词相比的,就只有"兵味"了。我甚至固执地认为,所谓"英雄叙事",其本质就是写出最浓烈的兵味。比如战争小说,只是在一种极端的状态中呈现兵味的极端性。这样的爆发,总是由日常生活积聚的。战争与日常,这也正是军旅文学的两极,缺一不可。

写什么,是个问题,之于当下的军旅文学更是如此。关于军旅文学的当代叙事或军旅生活的日常化书写,是一个宏大的命题,其边界似乎超过了现实本身。这涉及对生活、对军人的认知态度。同时,这又是英雄叙事的当代性表达。就我个人而言,我始终认为文学不仅是人学,更是人自我内在的冲突性书写。这其实是人生最为基本又最为核心的关系,即人与自我的关系。其他的关系,要么是此关系的衍生,要么最终会归化为此关系。就像军人,一身军装,一份有关军人形象的记忆,以及营门、营区所带来的约束、教化,等等,这些外在的,在我看来,是军人的另一个"我"。军人的成长和锻造,就是在与这个"我"打交道。

军人离开了战场,战争成了时远时近的背景,这样的生活,不仅是回望或焦虑这般简单。我们常说,军人首先是人,但同时我又明白,军人有其特殊性,军营也是一个区别于普通生活空间的特殊世界。因为这样的特殊性,军旅文学自然有其特别之处。比如兵们之间的关系,与社会上的种种人际关系,大不一样。少了许多欲望,少了许多利益,更多的是彼此精神的映射。兵们之间的相处,有争斗有对抗,但究其根本是精神与智慧的战术较量,而非私性生发的种种厚黑学。我同意军人首先是人的说法,但我固执地认为,军人是一群特殊的人,是具备神性的人。过于强调军人首先是人,看似尊重人性,其实模糊了军人之所以为军人的本质。如此的神性,是被兵味浸染的。如果我们偏执地把军人当作普通人来写,或者非要把军人放于战场,都将失去军人之所以为军人的完整性。这一完整性,既指涉文学,也关乎生活。当代军人的成长,不是撕裂或者困惑,甚至被一些人认为陷入一种困境。不是的。军人过去、现在和将来,总是走在理想之路上,不断地挑战自我。军人的成长以及生活,是在不断地调整和处理与自我的关系。所以,营门内的世界既无比复杂,又十分的清朗。忽视或轻视营区的特殊,一味地让军人回到人间,这样的作品,或许不再是军旅文学所追求的。当然,这只是我的观点,尽管十分固执,但会理解和尊重有关军旅文学的其他理念的写作。这些年,我看重的是那纯正浓醇的兵味,真诚且坚定地书写当代军人,在军旅文学的日常化叙事中前行。我将此当成我个人军旅生活的延续,并以这样的方式,一直与我的士兵兄弟在一起。之于我而言,这样的写作意义重大,而且必不可少。

军人因战争而生,但军人的终极使命是消灭战争。和平年代的军人,依然是军人。进入军人的日常化生活,讲述好当下的军人,应是当代军旅文学的主战场。没有战场的生死一瞬,军人的价值容易被轻视,军旅文学的现状同样如此。这是一件困难之事,但又是我们必须直面并要突破的。

回到她们生活的现场

我首先得承认,我喜欢乡村。

我在故乡生活的时间不算长,在八岁那年走离故乡的小河和河上的那座砖头小桥,搬到另一个类似镇子的地方。十八岁那年,我真正与故乡告别了。从此,我离故乡越来越远。拉长的距离,增大了我思念故乡的空间。故乡像一杯老酒,愈久愈香。乡情这根绳子系在我的心上,系在我灵魂的翅膀上。它是一条我挣脱不了也不愿挣脱的柔软而坚硬的锁链。

我还得承认,我喜欢女人。听过一首歌,名字叫《两个对我恩重如山的女人》。其实,一个人的生命中何止有两个恩重如山的女人。我总觉得女人给了我们太多的恩惠,有太多我们无法感知的秘密和美丽。她们在社会上处于弱势,可却是我们坚实的生活大地。"坚硬如水",可能是对女性最恰当的形容。

我集中大量的文学阅读是从 1996 年初开始的,在很长的一段时间内,我没有意识到,女性作家的作品占据了我阅读量的百分之八十以上。到如今,我也没弄明白,我为什么会有这样的无意识阅读趋向。但这在无意之中暴露了我对女人的偏爱,一种与生俱来无法抗拒的偏爱。

接触刘庆邦的作品,我觉得是从 2001 年底开始的。或许在此前,我与他的作品相遇过,但没留下任何印迹。说起来有意思,我与刘庆邦的第一次见面是我 2001 年初在解放军艺术学院文学系上学时。那天,刘庆邦应邀来给我们做讲座,题目好像是"短篇小说的种子"。不过,我对他印象最深的只有两点,一是他背个军挎,二是他课间在教室外的走道上和我们兴致勃勃地谈论南沙群岛。也就是说,我的感觉上,那时我对作为作家的刘庆邦几乎没什么记忆。当 2004 年底我第二次与刘庆邦相遇时,一个作家的刘庆邦才站在我面前。这一次见面他还是来做讲座的,只是地点换在了北京昌平图书馆。这时,我已经读了他的许多作品,这本书中三分之二的文字已经落笔。那天,我也只是在他讲课间隙在室外走道上和他说了几句话。到目前为止,我只见过刘庆邦这两面,加起来不到二十分钟。我与他的对话,是在纸上交流的。

2001 年末 2002 年初,是我人生的一大转折点。我在苏北的海边生活了十八年,在徐州那个有山的城市生活了十多年。这中间到过最北的地方是北京。可在最寒冷的冬季,我北上哈尔滨。当我从南方走入北国冰城,我曾为我的呼吸而惊叹。记得那天,我一下火车,顿觉得风如利刃衣如纸片。我没有来得及注视我将要开始新生活的城市,没有来得及去找一个避风取暖的场所,就被我眼前的霜雾吸引了。那从鼻端呼涌而去的白色,是我的呼吸。是的,我看到了我的呼吸。我没想到,来到一个陌生的城市,翻开人生新的一页的第一刻,我是在看我的呼吸。我隐约意识到,我的人生将开始新呼吸。

在我颇为简单的行李中,有我从徐州上火车前买的一本书:刘庆邦的《梅妞放羊》。这是一本刚出版不久的书,书香四溢。后来,我才知道这本书对我是多么的重要。

在哈尔滨的一年多里,我的感觉只有一个:寒冷。即使在炎热的夏季,我仍然觉得周身冰凉。我知道这是生理上的,更是心理上的。那一年,注定是我一生中最黑暗也是最重要的一年。幸好,我可以与刘庆邦笔下的乡村女性相会,在他的叙述中感受丝丝温暖。真是这样的。

我的阅读,常常有意识地进入冷静状态,不能带有任何的偏见和无原则的喜好。可是面对刘庆邦的乡村女性作品,我做不到。所以,我还得承认,我偏爱刘庆邦的乡村女性作品。没办法,在这之前,我已经承认了,我喜欢乡村,我喜欢女性。

刘庆邦笔下的乡村是我记忆中的乡村,当然,我对曹文轩的纸上乡村也有同感。刘庆邦叙述的一个又一个女人,让我喜欢,即使她们中间的一些做过错事甚至时常泛起人性的恶,可还是不

远的故乡,回到那些我难以忘记的曾经一同生活的女孩、女人们中间。而且我在解读过程中,引用了刘庆邦的大量文字,并将他的人物故事进行重新为我所用的再叙述。说到底,没有他的这些美好的作品,我将一无所有。

我得感谢曹文轩和王红旗两位先生在百忙之中,为我审稿作序。请他们二位,我是有私心的。请曹老师作序,是因为我觉得我、他和刘庆邦心中的乡村有许多的相似之处。我们童年、少年的成长环境和对于文学之美的向往是相近的。在这里,我还要特别感谢曹老师。我是在读到他的长篇小说《红瓦》后,心绪难以平静,才有了我第一篇文学评论。从这个意义上说,没有他的《红瓦》,似乎也难有今天我这本书。请王老师作序,是因为我从她的女性文学研究中学到不少东西,还因为她是女性,可以对我这本书有更为亲近的感受。

我得感谢宋月华编辑,没有她真诚的厚爱和相助,本书实难以问世。虽然,到目前为止,我只以电子邮件和电话与她沟通,从未谋面。

要感谢的人确实不少,我无法将他们的名字一一列出,但他们会铭记于我心里。

在我写下这篇后记的今晚,对我还有一种特别的意义。1995年的这个夜晚,我第一次动笔进行真正意义上的文学创作。我想,我要感谢我这十年的创作之路。我没能改变文学,但文学极大地改变了我的生活,乃至我的性情、我之于人生的态度。

本文系评论专著《刘庆邦的女儿国》后记

做一个真诚的打捞者

在我家和单位之间有一处公园,上班时,我走出小区没多久就进入公园,出来后进地铁出地铁再走一小段马路,便到了单位。公园里的那条小路人很少,我可以清晰地听到我的脚步声,集中注意力时,还能听到自己的呼吸。我一直认为,走在这段小路上的我,才是真正完全属于自己的我。所以,我尽可能避免遇到人,更不愿意碰到熟人。

在高原甘南挂职期间,翻山越岭下乡的路上,如果车里只有俩人,司机和我,一般的情形是,司机专心开车,我坐着,目光如山顶的阳光一样的缥缈。这时候的我,是潜在内心的那个我。这也是真我,但让我无比的陌生。

老作家新诗人,仅从写作时间而言,这极适用于我。二十年的写作,我涉足散文、小说、评论、剧本、报告文学,唯独一直没有写诗。很长一段时间,我觉得之所以不会写诗,是因为不会分行。

当我写下第一首诗时,我才意识到原因在于此前没有找到与诗相遇的方式。更为重要的原因在于,是我没能找到与自己相处的方式。

文字,似乎无所不能,文字又不能包揽一切。还原总会有缺失。缺失的部分,是空白。而空白,就拥有无限的空间。这与中国画,有相通之处。黑里有白的全部,白是黑的另一种表现方式。

我对中国文化中的意境、象征、意象、留白等感兴趣,因而,我的诗,总希望运用或凝聚某种因物而生的意味。我觉得,这是诗意的重要组成部分。

诗歌需要让人读懂,但好的诗歌应该不能让人读尽。我喜欢读各种各样的诗,但写诗,我偏爱画面感以及某些意味。物,是万物。大自然的神奇、美妙,是我们享用不尽的。诗,是什么?诗,是最真实的我们。每个人心中都有浓浓的诗意,这是人生的原动力。我们都在写诗,以自己的方式在写诗。逝去的岁月,未来的时光,当下的生活,都是诗。在深夜,在清晨醒来的瞬间,我们都拥有诗性。诗,并不神圣,就在我们的日常生活中,就在我们或庸俗或风雅的枝枝节节里。诗,很神圣,因为没有诗,我们就没有人生,就没有活着的营养。我们常常读不懂诗,这是对的,因为我们最难读懂的,是我们自己。

有人说得好,世上只有两种,一种是写诗的诗人,一种是不写诗的诗人。生活,是不是诗,不好说。但我们每个人,只要你愿意,都可以诗意地生活。这个世界,不缺少诗人,更不缺少喧闹的诗歌。缺少的,是真正的诗心、诗意和诗情。

诗的有用,其实正是在这看似无用之中。

再者,在写诗的这个瞬间,我们的内心总是在努力与诗题、诗意相靠近,在一种臆想中抵达灵魂无法抵达的高度。

对,写诗时,经常灵魂出窍。

诗与诗人之间,有着密切的联系。只不过,这样的联系并非都是诗歌文本的自然呈现。从心灵到文本,这其实是一个十分复杂的过程。文与人,并不能简单地画等号。道理很明显,就如同不能只以言行去判别一个人的内心。

我们应该承认,写作源于灵魂,但又是一个极为特殊的状态。在这样的状态下,其实是灵魂与现实的较劲,是外在的我与内在的我之间的博弈。要从诗里寻找诗人的真实,有时是相当难的,甚至难于诗人的写作。

可能我想说的是,读诗,就是读诗,把一首诗当作一个完整的世界,一个独立于诗人存在的世界。写诗,不一定是在写诗人自己。但读诗,最好读文本,把自己当作一个探险者和发现者。再者,读诗,说到底是在以另一种方式阅读世界,阅读自己。

诗有好坏之分,也有易读与难读之别。好坏的评价,不在诗人而在读者。能不能读懂,有诗人写作的原因,更取决于读者自己的素养、经历、感怀或某种机缘。要读懂一首诗,除了直接产生共鸣外,许多时候在于读者能不能寻找到那隐秘的路径。

诗,之所以为诗,是因为诗为我们诗意了生活,为我们了解世界、了解自我、与世界对话、与自己对话等提供了一种特别的可能。

如此,写诗是诗人自己的事;读诗是读诗人自己的事。彼此可以交集,但最终还是各自安好为佳。

一切皆为自然

我是在农村长大的。当年的村庄还在,我几乎每年都要回去看一看,哪怕只是在村里走上几步。巨大的变化,时常试图涂改我的记忆,这些年来,村名都变了数次。我在坚守有关这座乡村的往昔,就连名字我也一直唤"江苏东台三仓乡朱湾村"。这地名,也成为我诗歌、小说和散文里的故乡所在地。时而真切存在,时而呈虚构之象,但我生命的乡村血色,从没有被稀释。在心灵里乡村的回忆有许多,最为显著,或者说最易浮现的,是村里的老槐树,开阔的庄稼地,门前的那条河。是的,大自然中的万物如此的鲜亮。乡村人常把孩子称为"泥猴子",这在我们小时候体现得淋漓尽致。每天把自己扔进田间地头、草垛里、小河边,总之,但凡回忆里的角角落落,没有我们不想去的,没有我们没去过的,一天下来,浑身泥,活灵活现的"泥猴子"。

不知道是不是从小与大自然亲密相处的缘故,在我的人生之路上,每逢重要转折时,我都会走进大自然,做沉默的交流。

1986 年的 4 月,我到县城参加体育高考预考,却因意外受伤而折断了梦想的翅膀。当天,我离开了县城,只是没回家,而来到距我家并不远的海边,在那儿坐了一夜。那一夜,我听着海浪声和穿过茅草的风声。天亮后,当我起身离开海边时,我知道了,从此无论什么样的挫折,我也不会当回事儿了。

2001 年底,我第一次到达北京以北的地方,真正的北方哈尔滨。那是一段人情比天气更为寒冷的生活。那时,我心情不好就会在一片荒地上溜达,踏冰雪,嗅草香,看野花,把玩落叶。某一天,我对自己说,没关系,有了这段经历,从此,在什么样的人群里,我都能安然。

到了 2016 年 10 月,我前往甘肃甘南藏族自治州临潭县挂职。在高原上的三年,但凡心里不舒畅时,我就会爬上住处附近一座不高的山,站上半个多小时。

在临潭时,我写下了如下文字。

临潭所在的高原,绝大多数地方,群山簇拥,但都不太高。当然,这些山已经站在高原这个巨人的肩膀上,绝对高度还是很厉害的。不高的这些山,敦实,仁慈,几乎没有树木,像一个秃顶、富态的中年男人。身处其中,旷野之感扑面而来,在身体里鼓荡。高原以一种温和的表情,让你自发地生出渺小的感觉。一个人来到这里,你就是高原的主人。辽阔的高原,静若处子。群山无言,神情憨厚。它让你孤独中有感动,渺小中有坚韧,静寂中有温暖。

到临潭挂职是我人生的意外,开始习诗是我写作的意外。意外总是在事前,一旦经历之后,我发现人生并没有意外,一切都是有缘由的。我与高原没有约定。此前,尽情舒展想象,我再怎么着,也不会想到有一天,会走上高原,走进高原。某一天,或者是现在,我才意识到,高原一直坐在我的心头。

走在高原的山路上,我们会把自己的心情和思想抛给身边的大山。然后,我们以为看到了大山的一切。其实,我们看到的不是山,而是我们自己。

世界有多丰富,我们的心就有多丰富。说不清,是世界大,还是我们的心大。

我们的心装下了整个世界,还有世界以外的那些世界。

世界将我们揽在怀里,我们无法挣脱,心飞走了,没有肉身的相随,心是孤独的。没有心的肉身,只能是一堆肉。

我从没有在高原的漆黑中走过,因为再黑暗,我可以是自己的一盏灯、一束光。

大大小小的雪,已经下过几场。树以坚韧和执着,努力不迈入冬的门槛。阳光从深邃的蓝色中倾泻而下,仿佛要珍惜分分秒秒与树叶倾诉话别。枝头的叶子,显得有些沉重。这里有生命的记忆,也有时光的重量。一枚叶子,经受过雨水的浸润,阳光的私语,风的拥抱,还有时光的行走。它从时光深处而来,感受时光的力量,最终又将回到时光的深处。叶子,是时光河流中的一条船,载着我们的生活,驶向我们无法预知的码头。叶子这样一片羽毛,离开枝头,作最后的飞翔,在大地上腐烂、消失,走向另一种存在。只是,不知道来年的新叶,有没有带着旧叶的记忆。

时间是连续的、完整的,只是被我们碾碎了。钟表的指针,在向我们展示时光脚步的同时,也在切割时光。那秒针、分针与时针,在嘀嗒声中,一次又一次用剪刀剪断时间。我们无法留住时光,而逝去的时光,从没有消失。更何况,消失,本就是另一种存在。时光的无形之手推着万物向前走,然后它隐藏在风中、河流里,在我们额前刻下皱纹。记忆上沾满时光的碎片,一片落叶、一根芦苇、一声叹息里,都有时光的印迹。即使在黑暗中,时光依然闪烁光芒。我们把时光之镜打翻在地,无数的碎片,或含着太阳的光泽,或潜入大地。某一天,时光又将我们打回原形。

时光无处不在。无形的时光,总是借助有形的物体现身。事实上,我们在想念虚幻的同时,也总是以具象的事物留住时光的痕迹。虚幻与具象,在我们不经意间合为一体。一封信,熟悉的文字早已与血液流在一起。那些文字以外的想象,站在文字之上,鲜活而清晰。这些文字只是时光的守门人,在文字的背后,在那些空白处,我们的记忆像庄稼一样茂盛。

时光的步伐是恒定的,一如它的永恒。川流不息的人潮中,时光似乎也是急匆匆的；一条坚硬的水泥路，仿佛凝固了时光。当人潮流动在水泥路上时，时光一下子提速了。如果我们的心情是悲伤的、失意的，完全可以让眼前的一切静止。那一刻，时光已经不在。快或慢，是我们心境一厢情愿的扭曲。我们的感觉，很难与时光精确同步。

河流以流动的方式储存时光，深藏众生的生死悲欢，从不会主动向世人讲述岁月的故事。河水越深，之于我们的神秘和敬畏越多。河底以及淤泥里，是一部动静合一的历史。我们只有打开自己的灵魂，从浪花中读懂河流的秘语，才有可能进入它记忆的内部。河流，是生命莫测、人世无常的象征。面对河流，从诗人到不识字的农夫，都能顿生许多感慨和体悟。涌动的河流，如此。一旦水面平静如镜，更会增加神秘感。尤其是我们面对一条陌生的河流，它越安静，我们的恐惧感会越强烈。

来年，这片土地上，青稞又会泛绿，土墙会更加苍老。以前，土墙目睹一批批人站起来，倒下去，而今，注视青稞的生生不息。看来，土墙注定了如此的命运。我的到来，是我一次生命的意外。之于土墙，总是遇见这样的意外。它在这里，似乎就是为了见证无数的意外。只是，没人可以知道它内心的那些秘密。这些秘密来自大地，也终究会回归大地。

在漫长的时光面前，我们每个人也只是一截从土里站起来的土墙，走过一段与土墙类似的经历。然后，与土墙一样倒下，倒进能妨碍我对她们的爱恋。

在阅读过程中,我时常感动。这让我惊讶。现在让我们心动的东西太多,我们也有太多的情感情绪的表达方式,唯独感动似乎离我们而去。感动,就如同乡村清澈的河水一样日渐逝去。故乡的河流在人类而非时光的脚步中老去,感动,这个精灵早已被我们忘却。如今,在刘庆邦的话语中,感动又在我的灵魂里获得新生。我固执地以为,感动,当是文学最基本的品质之一。

因为以上说的这些,我开始对刘庆邦笔下的乡村女性进行品读,以我的方法去接近她们,认识她们,寻找可以交流的空间。我力图回到她们生活的现场,做一个参与者而不是旁观者。我知道我在做什么。于是有了这本书。

在解读中我借助了女权批评的一些观点和方法,以便使我的思考更具文化意义,更能接近乡村女性的生存状态。更多的时候,我抱着怀恋的心情来走进这些乡村女子的生活和心灵。我们的生活需要她们诗性的美,我应该在刘庆邦诉说的基础上再次为她们诉说。我想,我终究是出于心灵的感觉才走近她们的,因此,我的解读带有太多的个人色彩,而我的文字也十分的理性。我深知,对于一个评论者,这样的姿态和立场,是不可取的。然而,我终究无法舍弃心灵的召唤。

我得感谢刘庆邦,没有他,我就不可能与如此多的鲜活的乡村女性一同"行走"。在他的引领下,我可以随时随地回到我那久那来处之所。唯一不同的是,我们一生在奔跑,而土墙经年静静地站立。

不,谁能说土墙静而不动? 或许,真正一步未动的是我们,土墙一直在行走。只是,在我们的视线之外,在我们的理解之外。毕竟,我们对世界的认识少之又少。世界巨大的部分,在我们的目光和意识之外。

太阳西斜,土墙、老人落在地面上的影子,就像是长出来的一样。在夜晚的宁静来临之前的这个时候,另一种宁静铺满天空大地。不需要用心感受,试图让目光穿透黑暗,这是可以清晰可见的宁静。如果没有惆怅,这样的宁静,其实是再好不过的安详。万物的悄无声息,是彼此相约定的肃穆。一切就在眼前,一切又在我们视力无从抵达的地方。这一刻,我读到了哲学的奥义,人生的所有情绪都在无声地诉说。

在临潭的日子里,几乎每天我都会和一截土墙相遇。这截土墙,在高高的水泥墙面前,显得更瘦更呆。挨着大理石贴面的门楼,土墙标准的灰头土脸,就是边上的红砖墙也有些趾高气扬的劲儿。这让我想起了我初进城时,也就土墙这副模样。墙根处的青草长得有些肆无忌惮,这是它们独有的权利。砖墙下是水泥地,即使是土地,长草也会被视为不整洁。没人和土墙边的野草过不去,似乎野草在这里安家、生活是天经地义的。事实上,野草与土墙在一起,画面相当和谐。看来大自然万物之间总是可以亲密相处的,有着属于自己的法则。我最喜欢稍稍低下身子,由墙往上看墙头的草,草上的云朵。我喜欢看着这画面,没有原因。我们常常追问原因或真相,那是因为我们遭遇太多不知的原因和真相的人和事。分析原因和探求真相,恰恰说明了我们的无知以及恐惧,以少之又少的结果来遮盖内心的虚无。土、草和云,我看着就是舒服。某个午后,夏天的一个午后,阳光充足,我的情绪也相当饱满。我很想坐在草地里,或者挨着土墙坐下,再或爬到墙头,像小时候那样晃着腿,看着远方。冲动有了,但同样不知为什么,我始终没能这样做。我渴望与土墙近些再近些,但就是做不到。土墙有土墙的故事,我也有我的故事,只是我与土墙再也没有共同的故事了。

《临潭的潭》中的"临潭",与甘南藏族自治州的临潭县有关。我在临潭这片高原上生活、行走、思考,差遣文字,又毫无关系。

站在一处水潭边,世界和灵魂都会荡漾,那些体验之后的呼吸,那些自然与生命的对话,那些潜伏于灵魂深处的黑与白,在某个瞬间涌动为精神之潭。一切是抽象、游离的,一切又是全真的具象。

站于潭边,水里的身影,是属于我们的,还是潭的一部分?

清澈的水,越清澈,越隐藏我们的未知。以为看清一切,其实这"一切"微不足道。

我们对高原,总是陌生而熟悉。高原独特的风光和隐秘,在我们的想象之外，又在我们的日常生活之中。

高原，充满人生寓言。我的人生，你的人生。

我们走进高原，就是在走进我们自己。

高原的空寂，有时就是荒原的悲怆。

站在茫茫的草原上，可以是无限的自由，天地唯我。也可能是极度渺小、无力。

我思故我在。

其实，思不思，我们都在。

我们心中的水潭，也一直都在荡漾。

之所以引用如此多的在临潭写下的文字，是因为我的诗路是从临潭起步的。那里的山山水水、大地万物，启动了我的诗意。

再次回到北京，我会经常用手机拍花花草草，拍大地拍天空，拍出我内心的情绪和图景。

写诗，注重大自然的气息和灵性，注重画面感，这与我的乡村生活有关，也与我爱摄影有关。但究其根本，还是得益于我对大自然的认识。我们总在说，要敬畏自然，要与自然和谐相处，要爱护我们的家园。其实，根本上，人是大自然的一分子，万物皆有灵。诗，是神性的，但诗又是从大地里生长出来的。大自然处处有诗意，关键是我们能否遇见。

诗，当是自然之物。

沉睡或苏醒的故乡

　　每次回故乡,我会在河对岸注视许久,然后才走过村口的桥,进入村庄内部,离开时,我又会在河对岸注视许久。无意间,这成为一种习惯,渐渐,似乎成为一种仪式。

　　故乡在江苏东台三仓乡,一个没有特色只装满我童年故事的村庄。很奇怪,如此饱实的村庄,竟生出空荡荡的感觉。村里没有古迹古树,没有民俗风情的栖息地,甚至连民宅都没有个性。我三岁左右时,家从沟边搬到河边,后来的房子又卖给了乡亲。人家买的其实是宅基地,没多久就拆了旧房盖了新房。如此一来,老屋只留在记忆里,以及与家人的讲述里。哦,对了,我现在存着的一把铜锁,是属于老屋的。有时,我会把玩这把涂抹了岁月光泽的铜锁,但从没有用钥匙打开过。现在,那座桥还在,只是与我们一样历经了沧桑。桥短了,我比童年时视野开阔了;河窄了,是因为它像人一样在老去。村里的路硬化了,一色的水泥路,十分平坦,可我走起来有些磕磕绊绊,不是腿脚不灵便,而是太多的岁月风尘缠住了我。

我曾说过,这座村庄有过许多名字,比如建胜朱万、新舍,有段时间,我把人们口中的"朱湾"牵入了我的文学作品中。后来,又将我爷爷故事里的"朱家湾"当作我小说里的叙述地。以方言唤"朱家湾",亲切又更贴合我心中的老家,也更接近我爷爷的讲述口气。我想,我的人生和我的文学都更需要"朱家湾"。

如果不借助于记忆的翻动,这里已经是陌生之地。我的朱家湾,已经和我的童年一起如风而逝。我在这里只生活到十岁,但我心中的朱家湾有两副模样,我童年眼中的朱家湾,以及我爷爷和他那说不尽的故事里的朱家湾。走在村子里,走在物非人非的空间,我的童年会为我指引方位,继而激活那些过往的稚嫩和似是而非的想象。站在一片庄稼里,我想起了这里曾经是一条小沟,我捉过一条鲤鱼。有一年的夏天,这沟里的水很浅,我用竹篮子很容易地搂住一条比我腿还长的鲤鱼。我光着身子抱着鱼欢快地回家,田埂上有了两条鱼在奔跑,那竹篮子被我丢在沟里,像一条大口喘息的鱼。水乡之地,鱼随处可遇。河水漫过河堤,鱼会像孩子一样在村里蹦跳;天气闷热时,鱼会自己跳上岸,跳在人们的脚边。鱼一点也不稀罕,倒是那篮子在大人眼里金贵着呢。不用说,我挨了一顿揍。但我会常常想起那年夏天的那个我以及那条鱼,挨揍的事,我不会想的,反正早已不疼了,也没留下伤痕。

偶尔不由自主想到时,我倒觉得有趣。

我那时很调皮,但对村庄又充满了敬畏。某间老屋里,老树后,甚至是一片叶子的阴影里,都有我无法看清的东西。不敢凝视,不敢多停留。我不知道,是不是因为这样,我才出奇地爱动,只要没睡着,就没有闲下的时候。尤其在夜晚,乡村的夜晚,似乎才是乡村的真实。过去,我是这样想的,现在我更认为如此。我曾经写过一篇很短的小说《乡村夜》,大意是一个名为柴根的小男孩某天夜里迷路了,先后遇见了早已故去的祖爷爷、爷爷,后来被出来寻他的奶奶接回家。这是有关迷失的故事,那时我想的是孩子会在乡村的过去里迷失,而现在我才懂得,我们都会在自我里迷失。我们终究无法回到乡村的古老,正如我们总是无法走进我们期待的那个"我"里以及近在眼前的远方。在写这篇小说的数年后,我真的又一次走在村庄的夜晚,我和村庄都成为黑夜的一部分。不需要目光,甚至不需要睁开眼睛,我和我的呼吸一起化作会走动的一片夜。心里一下子透亮,熟悉的朱家湾又回来了,那个童年的我与我若即若离。我什么也看不见,但我好像看见了村庄的所有。

小时候,我干过许多农活,而且不少的农活与我的年龄极不相符,比如插秧,比如割麦,比如担水。想来,我最喜欢的还是犁地。牛在前,犁在中间,人在后,有在空中挥舞的鞭子,有大人或高或低的吆喝。这不单是劳动场景,而当是人生的某种明示与隐喻。喜欢归喜欢,但没人让一个没有犁把高的孩子犁地,而我也没有这份勇气,我怕老牛的腿,怕那闪闪发亮的犁尖。好吧,那我就看大人犁地。最初时,我爱看大人手中挥动的鞭子,爱看犁把上那青筋直冒的手和胳膊,后来,我只盯着犁尖和向两边翻开的泥土。那时,我没想到这如乘风破浪,也没想过大地会疼,只觉得犁尖一直在笑,和我一样咧着嘴在笑。多年后,我想起了这样的画面,耳边便有了爷爷的话,村子在地里,人啊,也在地里,地上的人和东西,本来就属于地里,只不过被翻出来晾一会儿罢了。想了又想,我觉得爷爷的这话与我遭遇的乡村的夜晚,有同样的意味。

沉睡的村庄,事关村庄的过去和曾经的生活。苏醒的村庄,其实已不是有我的那个故乡,一如当下的生活并不是生活的真相,至少不是生活的全部。当我走进村庄时,苏醒的会晕厥,而那些沉睡的,有的永远睡去,只有些许的,会在半梦半醒的边缘。我不知道,我是在与村庄交谈,还是自言自语,抑或只有村庄在那里无声地私语。

我知道,故乡其实是那个回不去的地方,四通八达的路,反而让我们无路可走。想来,只有诗歌可以助力我们回家,那遥远缥缈但又可以坚实地心的家。词语能够擦去无处不在的锈蚀,照亮返乡的路。村庄、生活以及我们的内心,将会如孩子的眼睛一样透彻和灵动。那么,沉睡的,或苏醒的我们,总能回到心想的那故乡。这时候的故乡，或许不在眼前，但一定是我们血液的一部分。

寻找遗落的心跳

许多事,看起来是偶然之举,其中总是心灵的某种飞溅,甚至是与生俱来的。就像我喜欢摄影一样,最初是出于搞新闻的需要,后来我才发现,这是我爱观察的缘由。小的时候,我时常会对着一棵草一枚树叶发呆。确实是发呆,因为脑子里是空空的,没有想象,没有诉说,只是木木地看着。记忆中,大约七八岁的样子,我三天两头就躺在草地或麦垛上,把目光丢给天空,内心与天空一样的纯净。有时被父母训斥后,我也会找一个没人的地方,比如河边,比如树下,比如田埂上,不管在什么地方,一定要眼前有景物,再不就是空旷辽阔。后来岁数大了些,我会不由自主地把自己想成眼前的一条鱼或者一棵树,甚至是忙碌或悠闲的蚂蚁。我一直坚定地认为,世上万事都是有生命有语言有灵魂的,包括那些沉默且坚硬的石头。

待操持摄影几年后,某一天,我突然意识到,我取景、构图和按下快门的时间之所以很快，是因为我在端起相机前，要拍的图景和由此带来的感觉，已经清晰于心里。我不拍照片的时候，或者眼前的影像与我期待的有所差别时，我会想，要是光线好些，或者角度好些，或者景物的造型及背景怎么怎么样，就能拍出一张好照片了。也就是说，我的心像与实景吻合时，我才拍照片。万物皆有我心像，摄影，只是以科技手段定格我内心的某种情绪或节奏，由幻至实。相同的是，心像与光影，都有无法言说的那部分。

可以说到写诗了。写诗，之于我确实是一个意外。然而换个角度看，我与诗的际遇一直是在等合适的时间。我知道，我的生命需要诗，如同每个人其实都需要诗一样。从第一首诗开始，我就特别钟情"画面感"。把一切的情感和精神寄予天地万物之象，从心灵之意到意境之旨，让诗拥有更多的"可书写""不可尽言"。是的，我在写诗时，脑子里浮现的不是词语，而是大自然的某个画面和表情。如果说与大自然对视，是我自童年而来的喜好，那么成年后我凝望大自然，则多了份中国哲学的"道"。阴阳相拥，虚实互为，人间生活，依道而行，而道又与大自然相生相依。北宋郭熙在《林泉高致》中云："诗是无形画，画是有形诗。"苏轼论唐朝大诗人兼画家王维画作《蓝田烟雨图》上的题跋云："味摩诘之诗，诗中有画；观摩诘之画，画中有诗。"诗画同源，当然更是一种生活观和精神观。这样的诗，有时看似与现实无关，但其间的关系更为密切,只是有所隐约和含蓄。我们生活着,现实投影在内心,诗人经过转化后,再反射出一幅幅画。与现实相比,这些画是虚的,但内核却是人生之实。

在写诗的最初时间里,也就两年左右,我是为了写诗而写诗。当然,这其中还有一见如故的激情。这样的激情,与诗意关系不大,更多的只与"写"相关。当时,我就知道这样的时段不会太长,所以我也就放任了。我认为,我现在写诗的状态,是真正的"诗状态"。我不会横冲直撞地狂写,也不会成天陷于写或诗中,写诗,成为我的疗养方式。这样的疗养,有时是以诗修补我的生活之憾,有时是以诗针灸我的伤或痛,有时诗如一壶酒或一杯茶,引领我暂时抽离生活。

是的,我在写诗,其实是在写的过程中与自己对话,与生命交流。我以写的行为和诗的出现,来修养我的人生。

辑二　不想要的温暖

蚕豆开花哄煞人

春天吹风入豆地,蚕豆开花飞蝴蝶。

春天的朱湾村,是绿的世界,低处是青草庄稼,高处是树叶。近处,嫩绿、浅绿、油绿、深绿,个个绿得分明,远处一打眼,什么绿都是一种绿。那一大片的蚕豆地,就淹没在这大地的绿海里。

某天早上醒来,蚕豆开花了,洁白的花瓣,乌黑的花蕊。风儿吹过,满地里飞舞着白白的蝴蝶。露水还没干,阳光下,只只白蝴蝶的翅膀上闪烁着太阳的光芒。

这么美的蚕豆地,没人会细细欣赏,只有孩童恍惚间以为真有蝴蝶停在某个蚕豆枝叶上,悄悄地靠近,伸手捉到的却是蚕豆花。嫩嫩的,软软的,张开小手,手掌里白与黑混到一块儿,花也像蝴蝶一样死了。

蚕豆开花,大人们会暗自盘算这块地到时能收获多少蚕豆,是比去年多还是比去年少。孩童们眼里是花,心里想的是蚕豆。

他们不在乎花的美感，花勾出了他们的口水。过些日子，就有蚕豆吃。花快些败，蚕豆快点结。

花开花落，花落果结。蚕豆开花是急性子，结蚕豆就不紧不慢了。三月开花，五月才能结出细细的蚕豆荚。这时候的蚕豆荚厚厚的皮里蚕豆才米粒那么大，再怎么着，也得到五月中下旬，蚕豆才能长成蚕豆样。看到蚕豆开花，就指望吃蚕豆，那是被蚕豆花戏弄了。看到孩童们的馋样，大人会说："蚕豆开花哄煞人。"

孩童明知道蚕豆花比自己还会作弄人，但禁不住诱惑，三天两头就会蹿到地里，寻找大大的鼓鼓的蚕豆荚。这时候的蚕豆，像月牙，像腰子，也像小船，通体滑润。扒开豆荚，两三个花生大的蚕豆卧在那儿，身上缠着一道黑线。那是黑色的花蕊画成的吧。豆子柔软，草腥味浓，少吃解馋，谁也不愿意多吃。

五月初，蚕豆长成嫩蚕豆。鲜嫩不涩。起初几天，孩童能吃个小饱，手上唇边绿斑处处。生吃，总是不好吃的。几个孩童商量要吃熟的。火柴、盐、瓷碗要从家里偷出来，柴火好找，水就在河里。在田间的沟旁，挖个简易的灶。柴火一定得是干的，免得烧起来冒烟。总是有个人望风，提防大人发现。

有一次，我们对煮蚕豆失去了兴趣，想用油炒。那时的油，宝贝着呢，能从家里偷点油出来，那绝对是英雄壮举中的壮举。此前，我们中还没人干过这事。从家偷油的光荣任务落在我头上。

不多,也就一小瓶盖。几个脑袋凑在瓷碗边,吞咽着蚕豆和油的香味。就连望风的那家伙,也跑下来两回。

那天,觉得吃了天下最好的蚕豆。

回家,我就遭殃了。母亲发现油少了。那时候家里油很少,做菜用油不是倒而是用筷子蘸。我不知道母亲是怎么发现油瓶里少了那一点点的油的,但我佩服她的火眼金睛。我当然不会轻易承认油是我偷的,这不是敢做敢当的事,而涉及我偷的技术问题,前者是勇气,后者是尊严。那天,母亲用菜刀要剁我的手,母亲放出狠话"再不承认油是你偷的,就剁了你的爪子"。想到手指会掉,血会流,会疼痛难忍,我就不把尊严当回事了。手是保住了,屁股着实受罪,一条条红杠深浅不一。到第二天我走路还很疼,但我尽量装着没事。在小伙伴那儿,我会夸张地诉说我的凄惨遭遇,这样,大家会觉得我为朋友敢付出代价。

立夏前后,蚕豆熟透了,这是收蚕豆的季节。孩童会到地里捡拾散落的蚕豆。不是我们舍不得浪费一粒蚕豆,是大人们下达的任务。

炒蚕豆,脆是脆,对牙齿依然是考验;五香蚕豆,好吃有韧劲,同样考验牙齿;煮蚕豆,吃起来不费劲,可又觉着没多大意思。倒是把蚕豆像爆米花一样爆一下,蚕豆咧开嘴,既脆又酥。如果爆时能放点糖精,那这蚕豆就再好吃不过了。

在地里生野火,把蚕豆投进去,过会儿再抢出来,这时候的蚕豆,也好吃。其实不是蚕豆好吃,因为好玩,才觉得好吃。

可是,再好吃,也不如那次在沟边油炒的嫩蚕豆。

村头那座桥

在通往村外的土路上,有一座桥。这座桥将村里的一条路与村外的一条路连在一起,就像是缀在路上的一块补丁。不过,这是块很好看的补丁。在村里人看来,与其说是一条路让村子与外面的世界建立了某种联系,还不如说是这座桥将村里人的脚步向村外延伸了。桥是砖头的,那种青色的砖,一块块青砖默默地挤在一起,袒露它们沧桑的形容。

房子,为人们遮风避雨,将偌大的世界挡在外面,只留下一个小小的生活空间。桥,恰恰相反。人们在河上架桥,让两条路拉起手成了亲家,是为了走出村子这个小圈子,步入一个他们根本不知道或者无从想象大到什么程度的世界。村里有位老者说:"桥就是路,路也是桥。"老者说这话时,就坐在桥头,把目光抛在河对岸的路上,脸上的皱纹如同地里的犁沟,塌陷的双眼像残留着些许浑水的小塘窝。这塘窝可能是牛脚踏下的,也可能是羊蹄踩成的,在我小的时候,我从未想到是时光雕刻的。有的老人还会看着桥上来来回回忙忙碌碌的人影自言自语:"这人啊,再走,也走不出这几丈长的桥啊!"

我一直很奇怪,桥下的河,我总把它看成一条大河,可从没认为桥是座大桥。虽然,有时我觉得它很长,有时觉得它很高。我心目中的大桥都是在村外,在很远很远的地方。这些大桥,儿时的我听别人说过一些,偶尔有幸在画报上看过,但未曾从上面走过。

桥在村头,不,应该说,桥就是村头。在我的家乡,一座村庄总是有座桥的。似乎还应该说,每个村子的村头都有座桥。村庄的名字,就是村头这桥的名字。比如,我们江苏东台三仓乡朱湾村的这座砖头桥就叫朱湾桥。人们在谈村庄时,总把桥撇在一旁,而提起桥时,又总是说"我们村的那桥"。这让我常常糊涂,桥到底是不是村庄的一部分?

那些成年人总是匆匆地从桥上走过,好像桥就是普普通通的一段路。我看得出,他们从外面回村子走上桥时,目光是柔和的,表情是温暖的;而当他们离开村子通过桥去村外时,他们步伐轻盈,神态就如同端详长势良好的庄稼那样醉迷。一出一进的两个人在桥上相遇,会有这样的对话:

"回来了!"

"出去啊!"

这本是村里人见面最常见的问候语之一，形式远远大于内容。然而就是在这仪式性的语言之中，因为是桥上相遇，他们不经意间糅进了令人回味的语气。至少，他们把桥当成了村庄的大门，可能还是自家的大门。

在桥上走来走去的，多半是男人。对于乡村而言，男人似乎是有生命的桥，是他们把乡村和外面的世界连接在一起。他们把乡村的内部带出了乡村，把村外的新奇连同一身尘土背回了村庄。女人除了回娘家，走到桥那头的机会少之又少。桥，对她们来说是用来张望的一个标志物。在地里做农活的妇女，直起腰抬起头，用袖子抹抹脸，趁着甩甩手扭扭腰的工夫，头稍稍偏向砖头桥，目光焦灼略带温情地投向桥头。其实，她们要的只是一瞟。有的妇女是用毛巾擦脸的，这让她们可以一个劲儿地擦背向桥的那面脸，手动得很慢，甭管脸上有没有汗，都得擦很长时间。擦了许久，脸上的汗珠或麦粒什么的，依然沾着。这中间，有些妇女仅仅是出于一种习惯，有的是在等人，等她的丈夫，等她的孩子，等卖货郎，等进村的戏班子。那些等丈夫的新媳妇，等孩子的母亲，在河边淘米洗菜汰衣服，往往会花费很长时间。一次又一次张望静静坐在河面上的砖头桥，耗去了她们相当多的时间。桥，常被房屋、大树挡住，被大片的庄稼或芦苇淹没，也就是说，这些妇女的视线里好多时候根本没有桥，可她们仍旧一次又一次眺望。许多时候，这种眺望是一种本能，一种仪式。她们的眼里是高高的

91

房屋和树林、密密的芦苇和庄稼,可心里却清晰地映出桥,甚至是青砖上的每一道纹路。

小孩子在桥上往河里扔土块,只见河面上溅起水花,紧接着土块化成泥浆在水中漫开,像朵花样渐渐绽放。他们有的为了把土块扔得远,更多的则是想砸出更高的更大的水花。另一些小孩子趴在桥栏上,半个身子探在外头,脖子陡然间拉长不少。他们在看水花和一朵朵缓慢开放的黄色的花,在瞧水中起伏、模糊的倒影。在桥上,他们可以俯视大河的尽头和宽广的水面。桥,使他们与水面拉开了一些距离。与河水亲近是一种快乐,保持一定的距离则有另一种快乐。

当夏天来临时,大一些的孩子,会让桥见证他们的勇敢。他们湿淋淋地从河里蹿上岸,神气活现地迈上桥,爬上桥栏,左右看一看,以吸引他人的注意,然后做一个双臂伸展的动作,在一声惊叫声中跳下桥。空中的姿势不算好看,落水的一刹那更是丑态百出。对他们来说,这不是跳水,而是把自己当成一块泥砸到河里。尽管如此,他们仍十分的得意,一旁的小伙伴个个艳羡不已。当他们从水中钻出时,自豪的神情连同水珠在阳光下闪烁,小伙伴以欢呼向他们表示敬意。也有的孩子嘴一撇,露出不屑甚至是蔑视的表情。这中间,有的会挑衅性地从桥上飞身而下,有的表现出的仅仅是表情和语言。还有个别的待在一旁不动声色,等着看热闹。

桥,是我小时最得意的舞台。与同龄的孩子比,我显得十分瘦弱,遇到打架等角力活动,我历来是败将,几乎是不堪一击。幸好,我可以在耍小聪明和胆大妄为这两方面,为自己找回一点面子和不太成熟的尊严。碰上有人不敢跳水或者谁因跳水赢得喝彩时,我会趾高气扬地攀上桥栏,视死如归地下水。我非得在空中做点花样,只求自由落体的动作好看,根本不管落水时的姿势难看到什么地步,更不在乎砸到水面的疼痛。事实上,我的跳水动作是最好的,或者说,只有我的动作才能称得上是真正的跳水。我的水性好,扎到水里后可以待很长时间潜很远,一直到大家以为我会出什么事时,我才在离桥很远的芦苇丛中探出头,表情诡异而得意。许多时候,我的手里会高举一条鱼,而且还是那种最难捉的黑鱼。

　　孩子们天生就具备从乡村任何一个角落挖掘快乐的才能,乡村是他们的天堂,他们是乡村的精灵。被童心包裹的孩子,一旦游戏起来,是那样的专心凝神,可以忘记人世间的一切一切。乡村的博大精深,让他们的生命和情感超脱再超脱。只是,在桥上的孩子们,好像是个例外。他们不像在其他地方那样专一、超然、纯粹和迷醉,要么是桥让他们有了心事,要么是他们揣着心事上桥的。

　　在孩子们的眼里,桥是个大怪物,人一踏上去,心里头就泛出一些在其他地方所没有的念头。明明想好到桥上玩的,可脚一碰到桥,整个人就有些走神了,目光游离,像鱼线样抛到桥的那一头,抛向了桥那一头路的最远处。飞来一只鸟儿,他们会多看上几眼,恨不得问问鸟儿是从哪儿来的,一路上瞧到些什么听到些什么。卖货郎带着乡外的尘土和气息步上桥头,他们呼地簇拥上去,不一定是要买什么东西。当然,他们也不可能有钱。他们使得最多的是那明亮、好奇的眼睛,把卖货郎的货担里里外外探个够。戏班子来了,孩子们有的围拢上去,有的则奔向田间地头,向大人们通报。谁家的亲戚来了,谁家的大人从外头回来了,孩子们都表现出极大的热情。

每到这时候,他们就止住玩耍,忘记了桥,狂喜地随着外来人向村子深处奔去。前方是他们兴奋的喊叫声,身后是凌乱但快乐的脚印。当然,还有被冷落的桥。

当有家人要回来或得到会来戏班子等一类的消息后,孩子们会早早地在桥上守候。这时候,他们的玩更显得漫不经心。玩,只是他们消磨时间、打发难耐的等待的手段而已。

我慷慨地把相当多的童年时光献给了桥——我们村前那不起眼的砖头桥。桥上的风桥下的水,带有我稚嫩的呼吸和不失成熟的表情。全村的人都知道,我是一个爱傻待在桥上的小子。人们总以为,我在等我的父亲。我的父亲十八岁时就到离村子二十多里地的一个国营弶港农场工作。在我的印象中,那时候,整个朱湾村好像就我父亲一人在外。我父亲在农场是开拖拉机的,等我会走路时，他开上了大卡车；到了我上小学时，他成了运输队的队长。父亲像候鸟样，每个月都回家，有时骑自行车，有时是开车。我喜欢开着车的父亲从远处向桥头而来。在父亲没出现时，我浑身被温馨和甜蜜包裹。当父亲真真实实地来到我面前时，我有的只是转身而逃。我怕我的父亲。他是中国传统的那种严父形象，我们之间没有交流，没有父子间的亲和。我就是这样，父亲没回家，我想念他，他回家了，我又远远地躲着他，盼望他早些走。当然，我的父亲很爱我，如同我很爱他一样。

事实上，村里人多半误解了我。我更多的是倚着桥栏，期盼一些我根本不知道的东西。我不知道我期盼什么，但我需要期盼这样的姿势和心情来滋养我的生命。桥上那个一动不动的小男孩，就是我。

现在，我已记不住当年的我在桥上想了些什么，为什么要去等待，究竟想等待什么，又等待到什么，我只知道，现在我已走过了桥，远离了桥。我还知道，现在的我，时常想起桥，想起那些砖头，那些青色的挤在一起的砖头。有时，只是孤零零的砖头桥，有时是我孤零零的身影和孤零零的桥，有时是桥以及与它连在一起的村庄。

大河,从我们家门前走过

　　我家门口有条河,全村人的家门口都有同一条河。河从哪儿流来,不知道,知道的是它东流入大海。大海——黄海,离我家的直线距离不足十公里。有时海潮过大过猛时,会有海水侵到河里来,呛晕不少鱼。鱼儿个个白白的肚皮朝天,晃眼得很。

　　在我童年的目光中,河有四十多米宽,是条大河。我稍大一些走出我们这个朱湾村时,看到了三仓河、梁垛河,这两条河更大,宽度超过二百米。这让我觉得家门口的河太小了,只是条小不溜秋的细河而已。然而我进入都市后,城里人管一二十米宽的水沟都叫河,还是大河呢,叫的名也很大气,有的甚至很霸气。我又觉得我家门口的那河是条真真正正的大河。

　　这条大河没有名,村前村后五六条河全没名。全村人离不开这条河,淘米洗菜、灌溉农田、汰衣洗澡……夏天,小孩子皮得一身臭汗一身泥土,个个扑通扑通地下河,好好洗濯洗濯。大人提着不会走路的孩子的俩胳膊将其身子浸在水里晃来晃去,不一会儿,水就被搅浑了。这很容易使人想起在水里洗萝卜的情景。

河的两岸有密匝匝的芦苇,一半在水里,一半爬上了岸。春绿夏青秋黄冬灰,一季一个色,像是挂在村庄上的四色项链。

开春了,拔芽吐绿,两岸先是星星点点的绿,而后就是一片翠绿翠绿的了,映得河水也成了深绿。春天的阳光一洒,让人觉着生命是那么的旺盛鲜活。

到了夏天,就是一片青绿了。芦苇根根高挑的个儿,站在微风中神气活现,簌簌乱叫。蜻蜓在周围嬉戏,翅膀闪着银光。河水清澈透明,幽绿幽绿的,没入水中的芦苇秆上的细毛毛在阳光的照射下,晶晶莹莹,许多鱼儿在芦苇间游来游去。

秋天来了,芦花纷飘,如无数只蝴蝶围着帽子舞蹈。芦花是金黄色的,整个村庄好似在下一场金色的大雨。孩子们追逐着、跳跃着,你几乎分不清是人在抓芦花还是芦花在逗人。

一大早,原先罩着芦苇的晨雾被太阳赶跑了,轻风送来青芦苇上水汽渐渐收干的味道,还有河水清凉腥腥的气味,加上房屋的湿气、青草的甜味和砖缝里的露水味以及蟑螂、蚯蚓、蜈蚣等动物身体阴暗的气味。早上的世界是属于芦苇的。

下午,好闻的河风把灰绿色的芦苇和金黄色的麦子都吹得不停地点头哈腰,芦苇丛中有鸟儿在歌唱,是一种像麻雀又比麻雀个头小的鸟,我们叫它芦柴儿。

芦苇在晚霞的映照下，通体透红，落在水面河沿上的影子也是淡红的。泡着阳光的芦苇仿佛在燃烧，发出豆荚爆裂时的噼啪声。

夜色朦胧时分，芦苇被朗朗的月光和水汽浸淫着，其间有鸟儿虫儿的呢喃细语应和着缓缓的水流声。在月光中沐浴的芦苇，浑身毛茸茸的。芦苇缓缓悠悠地拂动，真像轻风中的绸缎。

夏天的大河，是我们孩子的大河。我还只能在地上四处乱爬时，我哥就让我坐在木桶里，他游到哪儿，就把我推到哪儿。摸条鱼捉只虾扔在桶里，我看它们蹦跳；有藕了，我就逮着乱啃一气。木桶，是我夏天的摇篮，是我有生以来乘的第一条船。

我会走路了，就跟大些的孩子一起下河。他们在河中央，我在水没膝的河边蹦过来颠过去。他们扎个猛子下水摸出黑黑的烂泥往我身上涂，见我一身黑得如炭，个个哈哈大笑。我也不恼，蹲下身子抹抹弄弄，水浑了，身上的泥没了。如此反复，怪好玩的。

再大一些，我学会了游水。对我来说，能够游水的第一大好处是可以免遭我母亲的打。一见母亲生气了，鸡毛掸子举得高高的，我就往河边跑，扑入水中朝对岸没命划。母亲先是骂几句，接着又开始担心我溺水，就说不打我了，让我赶紧回来。我赢了。哈哈！这一招，我们村里的小孩子都会。真不知道是怎么学来的，也许是祖传吧！

弄鱼自然是我们的一大乐事。弄鱼的法有许多种,比如,摸、拾、捉、叉、捕、钓、诱、搅等。

变天时,河水泛泛,鱼直往岸上跳。这时我们尽可提篮子像捡石头样拾鱼。小的扔回河里,不好看的扔回河里,不爱吃的扔回河里……搞到最后,扔鱼比拾鱼好玩多了。没什么动作,不费什么力气,拾鱼,是最没意思的了。

海水顶进来时,鱼儿们喝多了海水,同人喝醉酒差不多,满河浮着白白的鱼肚。找个篮子在水里捞吧!这样的鱼,我们不太爱吃,咸不拉叽的,没了河鱼原有的味儿。弄回家后,多半由大人腌了日后当咸菜。

河水陷下去了,水少得很,几个小伙伴光屁股下水,又跑又跳又唱又笑,水渐渐浑了,鱼也就晕过去了。用篮子捞,用手捉。没带篮子的,就用芦苇穿鱼的腮帮子,再不行,抄起岸边的裤子装。

用块白色的塑料布蒙在脸盆上,上面挖拳头大的洞,里面放些玉黍糁儿。然后,蹲在一旁睸等鱼钻进去。这方法,在我们那儿叫诱,有点诱敌深入的意思。诱的鱼全是些小鲫鱼或鲦子,属于小儿科,如果不是出于好玩儿,那么,诱鱼的都是最没出息的孩子。

下过大雨过后,沟里的水流得很急,在窄的地方筑坝蓄水,在坝上铺一芦苇席子,前高后低,前头压在坝上,后头用树枝架起并散落些茅草,鱼儿们冲上了芦苇席冲进了茅草里,起先还蹦得欢,无须多久，就老老实实地束手待擒。这不过是姜太公钓鱼的变通罢了。

钓，主要是钓老鳖。一根针上串一小块鸡肝鸭肠什么的，晚上放入河里，早上去上针线就行了。这方法算是奢侈的了。那时候，谁家舍得杀鸡宰鸭的？再则，村里人多忌讳，不喜吃老鳖，唯有我父亲爱清炖着吃。那时候，我家屋里到处挂着用鳖骨做成的飞机、小鸟什么的。

在我们江苏东台三仓乡有一个关于鳖的故事：

鳖原来是海龙王手底下的元帅，一身盔甲威风凛凛，率领蟹将虾兵南征北战立奇功无数。

一天他领赏回来路过海龙王的后花园，碰巧遇到了海龙王的三丫头。嘿嘿，那三丫头长得真是够味儿。鳖元帅的哈喇子像决堤的水，魂儿早被三丫头的美艳勾得没影。

鳖元帅回家后吃不香睡不好，也没得心思出征打仗，更怕刀枪无情丢了小命儿看不到美人不划算。一天夜里头鳖元帅摸进三丫头的房里就要往床上爬，哪晓得三丫头早看出了他的心思，正等着他自投罗网哩。

三丫头冷不丁给了鳖元帅一记香脚，说，你这个短命鬼，还想跟我睡觉？什么时候你能和我一样长生不老，再上姑奶奶这块儿来。鳖元帅心里头快活得没数，翻着一串跟头回家了。但喝起小酒时，他又犯愁了，怎的才能长生不老呢？一旁的龟副将献上一

100

条计,说是海龙王的龙椅下有长生不老丹。

又是一个麻黑的夜里头,鳖元帅和龟副将钻进龙宫盗不老丹。那个龙椅死沉死沉,鳖元帅使出吃奶的劲儿才顶起来,龟副将掏出六颗金光闪闪的不老丹。就在这刻,门外响起了脚步声,龟副将一急,把不老丹往嘴里一捂没命地朝外头跑。鳖元帅追上后问龟副将要不老丹,龟副将从嘴里只抠出一颗,他说吓慌了,那五颗下了肚。

鳖元帅气得上去就打。这一打不要紧,惊动了海龙王。海龙王念他二人有大功在身,死罪可免,活罪难逃,从此不得踏进海里一步。

龟吃了那么多不老丹呆了,鳖为了长生不老一天也没落过修炼,最后成了精。这不,我们河里有了千年的王八万年的龟。

到现在我都不知道这故事究竟是什么意思,但在家乡,这故事仍在一代一代说下去。

夜里头,提着手电下水在芦苇丛里找黄鳝,强光一照,它就不动了,一叉下去正着。叉柄是竹子做的,叉刺多为没用的自行车车条。黄鳝这家伙油头滑脑的又有些蛮劲,捉起来费劲费事,最好的办法就是叉,对准脑袋叉,叉住了摁在地里一会儿再提叉。

在我看来,最带劲的莫过捉虾。

早上天蒙蒙亮时,卷起裤腿伸入凉丝丝的水里,轻轻地挪动。虾子待在芦苇根下,有的一动不动伏在芦苇根须外休息,有的一

101

弹一弹地游着。我慢慢地将小手探入水中,在接近其时,大拇指与食指一钳,虾子就在指间奋力地抖。甩甩水,掐头去尾,活剥生吞,温温热,嫩嫩的。吃饱了肚子再捉一碗带回家,由大人或煮或炒或蒸。我们那儿从不用油炸虾,一来油贵,二来油炸的没有了原味。熟了的虾子红红的,红得透明发亮,不像现在的虾子红是红,可一点光泽也没有,总是种浊浑色。

大河,是我们的战场。小伙伴们分成两派打水仗。刚开始是明打,小手击水,你来我往,笑声叫声水声,吓跑了小鸟,吓跑了虾鱼,就连青蛙也统统跳上岸,在一旁咕咕叫,像是在为我们擂鼓助威,又似在说我们搅了它们的好梦。打着打着就成混战了,打着打着,个个累得如牛喘,爬上岸歇一会儿。再下水时,就得比游泳和扎猛子了。我的游泳水平一般,可潜水无人能比。我能憋很长时间的气,扎下去直抵河底,两手扒地双腿蹬,速度快得不得了。

有一次,我不小心钻进了水草丛中。水草细细的,长满了刺毛,缠在身上,你越动它越紧。我吓死了,心想,完了,上不去了,要变成水鬼。我喝了几大口水,浑身刺了不少的红杠杠,出了水上了岸,脸色白如纸,小腿抽筋。小伙伴们也吓坏了,已经有人去叫大人了。这以后,我有两年不敢扎猛子,到了第三年,什么都忘了,仍是喜欢在水下爬。

在水里,我们也捉迷藏。芦苇丛是我们的隐身之处,可最有意思的是拔根芦苇,把节巴捅通含在嘴里潜进水里,别人难找得很呢。有人找到了也当没发现,手指一摁露出的口,让水里的家伙自个儿现身。贼精的,多备一根芦苇,你堵了这根,他换别一根,叫你也上上当。

春天下不了水,我们就站在河岸上看大人们罱泥。几个汉子立在水泥做的罱泥船边,罱子在歌声中入水出水,乌黑的河泥染黑了青青的河水。这河泥是上等的地肥,谁家有个罱泥的好手,庄稼长得就喜人。

到了冬天,我们就盼望天冷,越冷越好。河上结了厚厚的冰,可以溜冰啊。对我们来说,这是一种奢望,每年冬天能溜冰的日子也就是一两天。记得那一年——好像是1976年——天奇冷,河里的冰硬板板的,牛车都能在上面跑。那一年的冬天,是我最快乐的一个冬天,可说得上空前绝后。

我在河边长大,在河水的注视下长大。我的童年,因为有了大河,才笑得那么甜。现在,我大了,河也老了——老成了一条臭水沟,两岸的芦苇如同老人嘴里的牙齿,少了豁了朽了。

大河,我的大河啊,你装下了我童年的梦想和快乐。那飞溅的水花,是我梦想快乐的翅膀。可你怎么就老了呢?

楝树

在我家乡江苏东台三仓乡，一个"家"字不能少了树这一笔画。村子里除了庄稼，就数树最多。谁家屋前屋后没有树？不是一两棵，而是大大小小高高矮矮十来株。品种不多，就槐树、泡桐和楝树三样。桑树是有，长在庄稼地里，村里人当庄稼看。

有树好啊。外人来村里串门，树是最好的向导，一问，就有人遥指某棵树说："喏，那树下的那家就是。""瞧见了吧？他家屋后头有棵三杈头的槐树。"

我们朱湾村晒场边上长了模样最怪的一棵楝树，从地面向上两米的树干直直的粗粗的，得三个我才能抱住。再往上就分杈了，两根直朝上像伸开的手指，一根和它们分开，斜得远远的。再再往上时，它们又走到了一起，撑起了一个大大的树篷，在下面摆四五张桌子吃饭不带晒到太阳的。

听我爷爷说，这棵树有年头了，多长不知道，反正我爷爷小时，它就现在这样。我爷爷说："我都从孩子变成糟老头了，这树倒好，还是我小时候那模样。"

我爷爷当村长时，在这棵树上挂了个铁钟。铁钟大得不得了，比村里烧水燖猪毛的那口锅还要大。敲一下，悠悠扬扬的声音在村里跑啊跑，周围好几个村子都能听到。那年日本鬼子进村，就是我爷爷早早地敲钟通知村人的。大家把牛羊猪鸡鸭鹅和家里值钱的能拿得动的东西，藏起来的藏起来，带走的带走。

小的时候，钟声让我有时高兴有时紧张。上工的钟声响了，我就自由了。这钟声成了我可以开始肆意玩耍的信号。收工的钟声传进耳里，我得赶紧往家跑，晚了，母亲手里的笤帚就要落在我屁股上。她下手特别重，挨一回打，我至少三天走路不利索，屁股上像口红样的印没个四五天消不下去。

看电影、大戏时，这棵树上爬满了和我差不多大的小孩，吵吵嚷嚷起来像一树的麻雀。声音再大也没人问，要是哪个调皮蛋把那钟弄响了，就有大人高声骂："龟孙子，没屁事，钟碍你蛋疼?!"想来，这钟已成了村人心中的神物。

我爷爷从村长位置上退下来后，常常在晚霞映天的黄昏站在树下钟旁，先是将苍老浑浊的目光有气无力地搭在锈蚀斑斑的老钟上，时间很长。一头白发在风中飘动，如同纷飞的雪。渐渐地，他的目光鲜活年轻起来，像长满根须般的手抖索地伸向纹丝不动的钟。触到了，他弯下的腰挺直起来，口里发出很响的声音，好似哗哗流水,可听不清说的是什么。

村里那些高的树,大多是泡桐,棵数最多的是槐树,楝树只算得上样子与众不同,没几棵长得周周正正的,基本上和龚自珍笔下的病梅一个德行。槐树和泡桐用处不小,盖屋做家具打棺材,正合适,楝树在这方面没人搭理。这么一来,楝树少虽少,可个个都是老胳膊老腿儿,年龄大着呢!

我喜欢楝树。

槐树上有刺,泡桐太滑,不像楝树那样好爬。还有,楝树上有圆溜溜的果子,可以当弹弓的子弹,可以打天上的鸟地上的鸡。我有在村里孩子面前可以自豪的弹弓。这弹弓是上好的桑树丫做的,硬度特别强,拉皮是我那在镇上当医生的叔叔送的输液用的皮管,怎么拉都吃得住。子弹经我力气不大的手射出去,拉皮抖动的噼啪声,果子飞行的嗖嗖声让我既兴奋又有点儿紧张。

弹弓是我随身携带的武器。那时,只要我手里拿着弹弓,走起路来,神气得小鸡巴都是挺挺的。我喜欢拉紧拉皮再放出去的动作。那年夏天,狗子在外头的叔叔给他带了支塑料手枪,装上电池一扣扳机能发好几种色的光,哒哒哒的声音跟真枪似的。他不住地吸溜着黄不拉叽的鼻涕到处现世,可我们都不稀罕。模样没有木头枪好看,白的多红的少,一点也不像真枪,哪像我们用楝树做成的木枪,挂上红绸子,和真的一模一样。塑料枪音儿怪好听,可不能打鸟,有个屁用。我们玩了几下,就还给狗子了,说:

"不好,太假了,也经不住摆弄。"他想用枪和我换弹弓,我没睬。没过几天,我偷了他的枪拴在砖头上沉到河里去了。

挂在树上的楝树果一束束一串串的,和葡萄一个样,个个翠绿绿油光光的,太阳一照,比玛瑙还要好看。如果踩烂了,会流出雪白的浆汁。上树摘,要么用竹竿打,有了楝树果,我就是一名英勇的战士,到处泼洒暴力行为。开始时,我向晒场上的麻雀芦苇里的芦柴儿(一种灰色的小鸟,样子和麻雀差不多,只是小些)射击;后来,喜鹊、燕子成了我瞄准的对象;再后来,我打鸡打鸭打鹅打羊打牛。我好像离不了这因"杀戮"获得的快感。

饱尝战果的结局是我被母亲打了,三天没能下床。那天,母亲把我像杀猪样摁在板凳上,高高地举起笤帚,狠狠地落下时,我惨烈的叫声成了村里大人教育自家孩子最好的教材。我不晓得教育效果怎么样,只知道从这以后,村里孩子全怕我全听我的。

我家屋前屋后的楝树在村里算得上最多,共十一棵,有两棵比我岁数大,四棵比我父亲大,两棵比我爷爷大,还有一棵比我爷爷的爷爷还要大,据说是和晒场上那棵差不多大。

楝树给我带来的最大好处是有听不完的故事。我爷爷常在饭后叫我:"小二子,来,爷爷说故事给你听。"爷爷坐在小板凳上,我挨着那棵最老的楝树坐在露出地面的根上。爷爷会讲各式各样稀奇古怪的故事。每当我听了还想听时,他就眯起眼捋着光溜溜的下巴沉默不语。要是我被他的故事吓得脸发白身子直抖时,他仰着头哈哈大笑。

我爷爷有四个孙子一个孙女,在我的印象中,他只是给我讲故事。每回他都会说一个我们祖上的事,比如哪位祖上有个一官半职,哪位祖上是种地的好手,哪位祖上在大年三十放鞭炮时烧了新袍子,等等。

从小,他就叫我背家谱。我们家的家谱没有留下任何文字,只记在心里头。我爷爷在讲故事前,总要我将家族的辈分字背一遍,我忘了,他也不生气,会再教一次。要是哪次我磕磕巴巴撞对了,他会用他那粗糙的手轻轻地摸我的脑袋,嘴里说:"男人的头金贵着哪,别轻易让别人碰。"在这棵树下,我们祖孙俩度过了许多快乐时光。爷爷去世后,我们家的辈分字只有我一个记得住:尧天舜日家庆国恩芬芳其泽贻尔子孙。爷爷说,我们祖上是在明代从苏州逃亡出来,但他也不知道为什么要从苏州逃到黄海之滨,也没告诉我这辈分字背后的故事。我问过好多次,他都回我不知道。长大了一些,他曾好几次让我再长大些查查家族逃亡的原因和用这样的辈分字到底是什么意思。现在,爷爷已化为黄土了,我也真正长大了,可我仍然无法解开这两个谜。

在我的童年时代,楝树下的日子是真正阳光灿烂的日子。

小的时候,村里没有幼儿园,我们这帮毛小子成天就是疯玩。有时,我们会到村小学去,叉着小腿坐在教室的门槛上,开裆裤把我们男人唯一的一点本钱全暴露了。老师的讲课带有浓重的泥土味,学生的脸上就有泥土。我们听得多记下的少。那时,我最爱识字,一学到几个了就用树枝在地上比画。不过瘾了,我用刀在楝树上刻,走一路刻一路,身后的楝树留下了我认识的每一个字。我家的那棵大楝树是我用得最多的黑板,好多地方已不单单是千疮百孔,简直面目全非,白黄色的树肉裸在外面。我爷爷说:"前些年我们把树皮剥光了,是为了填肚子,你倒好,没事和树过不去。"我回敬道:"我这是在学文化,晓得吧,学文化嘞!"

春天,我上树掏鸟窝。我从不伤害雏鸟,只是爱看它们嗷嗷待哺的样子,爱摸摸那茸茸的细毛。我常常会在树上待一两个钟头。到了夏天,楝树下是我乘凉午睡的好去处,铺一张草席,双手当枕头,跷起小二郎腿,看蓝蓝的天白白的云绿绿的树叶,听鸟儿叫青蛙鼓虫子鸣,闻着阳光的味道,做些只有童年才能做的梦。秋天呢,我还是上树,摇晃着枝头瞭望大河里的芦苇,看地里人们收割的场景。我喜欢注视那黄金般的田地里,铺展开凡・高那油画般的色彩,光背的小伙儿,红衣的姑娘,吊烟袋的老人……他们欢笑,他们劳动,他们在成熟的乡土味里自由呼吸。在冬季里,我总是伸长了脖子企盼老天下一场大雪,这样楝树上会挂满掖藏着阳光的冰凌,给我一个梦幻般的世界。可惜,我们那儿只下些可怜巴巴的毛毛雪,枝头挽留不住它们。

我喜欢楝树,不知道是不是因为这样,楝树赐予了我双重性格。

一方面，我是个十足的好斗分子。我乐意不惧怕一切地与所有不如意的人和事斗，尽管遍体鳞伤，却还死不悔改。在这方面，我总以为我父亲是我最大的敌人，虽然我的确很崇拜他很爱他。从我记事起，我就站在父亲的对立面，他的意愿无法成为我的思想，我的行动历来与他的想法背道而驰。报名参军时，我非当武警不可。在我看来，和平时期无仗可打，只有武警还能执行些追捕等近于实战的任务。当了十几年兵后，我从基层一线到了机关，成天在公文材料中摸爬滚打拼拼杀杀。没办法，我只好踉踉跄跄地走上了文学之路，借助于想象在字里行间宣泄。

　　另一方面，我灵魂深处有沉思冥想的因子在活蹦乱跳。我的外表长相和言谈举止给人的印象是喜动恶静，可在许多时候，无人的夜晚，在一个属于我自个儿的时空里，我沉湎于神游。静坐于孤灯的阴影下，我心空灵起来。常常是丢掉秃笔抛开好书，让自己处在什么都在想又什么都不想的状态。我这人每天晚上无论多晚上床都不能躺倒就睡，白天的事总得在脑子里过一过，实在无事可思时，思想也会天马行空地溜达一圈儿。

　　许多时候，我想象自己在那棵楝树下，听爷爷讲故事，想一些我应该想而在滚滚红尘喧嚣都市想不下去的人和事，忆过去想未来。

　　此刻，我的灵魂端坐在楝树下。

　　坐在楝树下，我的心纯净起来，渐渐找到了早已迷失的自我。

头顶上有阳光白云、绿灿灿的树叶和翠油油的楝树果,童年的时光和心情包围了我。我的心灵无数次重回那楝树下,可我真不知道那楝树是不是还在,叶子还是那么郁郁葱葱吗? 树干还是那么强壮吗? 树根还是那样遒劲吗?

　　我童年的楝树。

　　我一生的楝树。

流动的喜宴

生儿子送红蛋,生女儿送糖粥。这是我们老家的风俗。谁家生儿子了,大人会挎着一篮子大红的鸡蛋挨家挨户地送,脸上的笑容比红鸡蛋还灿烂;生女儿的人家,就挑着两桶糖粥从村这一头走到那一头,见碗就盛。糖粥是大米熬的,里面放的是白糖,再穷的人家也不会放糖精的。红红的鸡蛋,惹人喜欢,可一家得不了多少,人家送时按人头送,几个鸡蛋不够我们这些孩子吃得过瘾。倒是糖粥,只要我们舍得花力气,是能美美地喝个饱的。能喝上几碗大米粥,里面还有糖,那是多美的事啊!追着糖粥担,会像做游戏一样好玩。喝糖粥比吃红蛋有意思多了,我们喜欢人家生女儿。

我小的时候,肚子里塞的都是玉米和山芋,一年吃不了几回大米饭,喝不了几顿大米粥,喝糖粥成了我们这些孩子的一大向往。看到村里有媳妇的肚子隆起了,我们就盼着人家早早地把女儿生下来。这话不能对大人们说,自家的父母也不能说,要不然父母会训斥:"乌鸦嘴,不许说人家生女儿,要说肯定是生儿子。"我们也知道大人们都欢喜自家生儿子,只是我们对他们生男生女不感兴趣,我们想的是喝糖粥。

多半是在傍晚,晚霞如火,远处挑着糖粥的身影让我们眼睛冒光浑身起劲。只要看到了,我们会像战士冲锋一样跑过去,忘不了带上一只碗,还是家里最大的碗。我们举着碗围着挑糖粥的,嘴里不停地喊:"盛一碗!盛一碗!"那些碗里已经有了糖粥的,就在边上嗞嗞啦啦地喝。这样热闹的场景,只有货郎来村里才有。货郎来了,我们也是这样围着,欢呼雀跃。只不过,我们多是些手里没钱的孩子,对货担上的那样东西,只能看看过过眼瘾,基本上属于白凑热闹瞎起哄。围着糖粥担子就不一样了,只要挤到跟前,碗里多少会有糖粥的。那大米粥白亮黏稠,引得我们不住地咽口水。这阵势,不是人家送,是我们在要,在抢。碗里有了糖粥,我们就闪到一旁大口大口地喝,为的是赶紧再要第二碗。有的孩子鬼精着呢,根本就不挪地儿,在大家的簇拥推掇中三下五除二喝光,再次把碗举到前头。有的孩子岁数小个头小力气小,根本靠近不了,只能在人群里哇哇哭。这时,挑糖粥的会吆喝我们让开些,勺子从我们的眼前划过,落在那孩子的碗里。有了糖粥,脸上的泪水还在流,可已经咧开嘴笑了。

糖粥也不能只送我们这帮孩子,人家还是要到各家各户送的。再大的桶,里面的粥也是有限的。再说,那时一般的人家熬上几桶粥也不是很容易的事,多半是想了许多法子,才弄来这些大米和白糖。对付我们这些半路打劫的,挑糖粥的多是半勺半勺地盛,只要瞅到机会,他就会杀出重围到一家家门口去。我们呢,围追堵截,从村头追到村尾,人家空着两桶回家,我们就在人家门口等。

就这样,平常从村头到村尾一二十分钟的路程,挑糖粥的要把每户人家都送到,没一两个钟头是不行的。我们围着他,我们高兴,他心里也快活,孩子围得越多,他觉得越喜气。我们眼里盯着桶里的糖粥,口中吸溜着滑润清甜的糖粥,相互比着谁要得多,谁的肚子圆鼓。

我们这帮孩子一路叽叽喳喳,大呼小叫,嘻嘻哈哈,颠着碎步喝着糖粥,搅得整个村子都活泛了。每回村里有人家生女儿,我们都享受着这份流动的盛宴,挥洒着快乐。

后来日子越过越好,村里人生儿生女都是摆酒席,生儿子的,还会发红蛋,生女儿的不再送糖粥了。

现在想来,我已经好多年没有看到糖粥担子了,只有一份甜蜜的记忆留在生命深处。

茅针是春天清甜的微笑

春风起，春雨过，茅针从茅草里探出身子，那模样有些好奇有些羞涩还有点俏皮。《毛诗品物图考》中说："茅春生芽如针，谓之茅针。"茅针是茅草长出的绿茎，大都有两三寸长，通身圆润细长，头部尖尖的，就像一根超大号的缝衣针。茅针根部有些淡奶白色，中间多半是绿色，尖部则是紫色，浑身上下长着许多细细密密的茸毛。湿翠的茅针裹掖着冬天的回忆，好奇地呼吸着春的气息，把河岸、池塘边和沟渠边染成了春天。那披着茸衣的鲜嫩模样，挠得孩子们心里痒痒的。

茅针长得好看，惹人喜欢，可最吸引我们这些孩子的还是它的穰儿。在它薄薄的叶衣里，是又白又嫩的茅针肉。我们小时候就是这么叫的，其实这茅针肉是茅草的花蕊，鲜嫩柔脆，混合着淡淡的青草味和甘甜味，在我的童年，这是不可多得的美食。"打了春，赤脚奔，挑荠菜，拔茅针。"这是乡间流传千年的谚语，也成了我们奔向茅针的召唤。拔茅针、吃茅针，是我小时候很快活的一件事。

那时候，每到三四月之交，我们的脚步总是不由自主地往河边走，那是我们村里茅针最集中的地方。我一个人的时候，常蹲下来细细地欣赏茅针，特别喜欢迎着阳光看那像银针的细茸毛。如果夜里下过浓雾，阳光下，茸毛上挂着微小的水滴，更是好看。不过，我还是更喜欢在夕阳西下时看茅针。这时候的茅针，浑身披着金色，一根根火红的，又十分透明。放眼望去，河边的茅针连成片，像一条火毯，又似是无数透明的火针。轻轻地拉开茅草叶，拇指与食指捏住茅针适当用力抽出。用力大了，茅针会断，劲小，抽不出来。在寂静的河边，抽出茅针的声音很悦耳，但我总是无法形容这一声音。小心地剥开叶衣，那嫩白湿润的茅针肉是那样的可人，放入口中，柔韧中有润脆，草香中有清甜。一根茅针的美味可以盈满整个口腔，吞咽下去，又像根麻麻的细针一样直通肺腑。

和小伙伴们一起去拔茅针，那就更有意思了。大家会比着看谁能找到最大又最嫩的茅针，看谁拔茅针拔得最快。这时候，吃茅针不重要了，大家的兴趣都集中在拔上。那些刚会走路的孩子，不知道什么是茅针，也不会拔。大孩子们就拔出茅针剥出茅针肉，送到小孩子的嘴里。小孩子们吃茅针，有的甜得舒服，有的不太适应那草香，露出苦涩的表情，有的则进嘴一根又张牙舞爪地哇哇叫着还要。小孩子们吃茅针的种种表情和动作，让大孩子们觉得很有趣。他们用茅针逗小孩子，有时还会像模像样教小孩子怎么样去拔茅针。玩累了，我们就躺在茅针上，看着蓝蓝的天，从鼻尖飘过的是高走的朵朵白云和低飞的燕子，是混合着河水、青草还有许多说不清的气息，这气息清爽爽的、甜滋滋的。在有意无意间，我们拔根茅针咀嚼。我们不知道，我们品味的其实不是茅针，而是整个春天。玩归玩，回家前，大家还是会拔些茅针带回去的。装在口袋里，抓在手上，一路上吃着，到了家给大人们尝尝。

许多年后，我读到宋朝范成大《四时田园杂兴·晚春田园杂兴十二绝》中的"茅针香软渐包茸，蓬蕾甘酸半染红。采采归来儿女笑，杖头高挂小筠笼。"我想，这范成大小的时候一定也拔过吃过不少的茅针。只不过，他没写出拔茅针时那快乐的劲儿。是的，那样的感觉，很难以文字表达出来。

清明一过，茅针就渐渐"老"了，原来的嫩肉长成了像干棉絮一样，难嚼无味。再过一段时间，茅针就长成了茅花。茅花在尽情地飞舞，我们只能期待下一个春天的来临。

这些年，每到春天，无论走在哪条河的岸边，我都会留意有没有茅针。可惜，我总是失望。我不知道是这些河也像人一样苍老了，让茅针没有了生长之地，还是我不再有童年时的心境。我只知道，每当想起那曾经快乐的童年，那纯美的自然，我就会想起那可人的茅针。

晒场

　　故乡的晒场,是我故乡情结的封面。

　　在夜深人静的时候,在迷茫无助的时候,在日出在黄昏,在有歌声或没有歌声的地方,在幸福在痛苦在快乐在失意的时候……我总要翻开这封面,在想象中把自己的一切的一切融进故乡里,让我的灵魂在其中恣意地游走。

　　故乡,真是一杯可解千愁给我无穷之力的酒啊。

　　我出生在黄海之滨一个叫建胜大队第一生产队的地方,现在改叫朱湾村第一村民小组了。那时,土地还没有包干到户,大人们一起下地干活,有专人记工分,人们把干活叫作"上工"。每天上工,他们要在晒场上集合点名。

　　晒场在生产队中心,有五六个篮球场那么大,是个正方形。南边连田,东边接鱼塘,西边是一条小路,北边挨着生产队的仓库。仓库里存的是粮食和农具。晒场的地和我们家里的一样,十分的板实，有点坑坑洼洼，像个大麻子，还算平坦。

晒场是打谷晒粮的地方，这谁都知道。

到了收割时节，晒场真是热闹非凡。说笑声麻雀叫声打谷声……声声入耳入心——乡村特有的旋律，自然、清新、纯朴、干净、欢快，富有诗意。乡野的浪漫，在这里汇成一片汪洋。人们畅游其中，显得自在满足，世间的所有乐趣统统聚集在这儿了。真是这样的。

小伙伴们在窜，白的黑的黄的狗在跑，公鸡母鸡小鸡在跳，瘦鸭子肥鸭子不瘦不肥的鸭子在踟蹰，麻雀、鸽子和那些不知名的小鸟在盘旋，七彩的蝴蝶绿色的蜻蜓白色的芦花在飞，金色的麦子金色的稻子金色的玉蜀黍在闪耀，柴油机在轰鸣驴子在喘老牛在哞哞叫。

我喜欢瞧着大人们干活，我说的是喜欢瞧年轻的男人干活。上身赤裸，胳膊粗壮，肩背雄厚，腱肉直爆。肤色是古铜色的，阳光下，那上面爬满了蚯蚓样的汗水，粗粗的，是银色的，晶晶亮。他们的举手投足好似远古祭祀的动作，对，祭祀的动作正是从劳动中来的。这是一种劳动的风景，一种人间至真至纯的大美。不过，那时，我那么小的年龄，还是没有如此的参悟能力的。我只是觉着好看罢了。

小孩子是不干活的，那就在晒场上玩吧。大人们劳动的场景，是孩子疯玩的绝好背景。玩累了，躺在草垛上，看着蓝蓝的天白白的云,听大人们高声地说笑。晒场上空飞扬着最丰富最传神最具文化底蕴的民间口语,这是从书本所学不到的。在家乡,如果一个小孩子不太会说话,大人会让他多到晒场去。一个小孩子嘴皮子太溜,常出口些不该他这个年龄的词语,大人会要求他少到晒场去。晒场,是乡娃的第一课堂。

很多时候,晒场是没什么用的,就成了我们孩子的乐园。我们在那儿,玩那些属于我们那个年代的游戏,寻找唯有我们那个年代才有的幸福。弹玻璃球、推铁圈、摔跤、八路军打鬼子、挖虫子、捉蜻蜓……我们在晒场上疯疯癫癫,在晒场上笑在晒场上哭。彼此间的关系,在晒场上和,在晒场上裂。好得恨不得穿一条裤子的是我们,闹得大打出手的也是我们。

晒场上一年四季都有高高的尖尖的黄黄的草垛,有麦草的,有稻草的,还有茅草的。它们排在晒场上,看似乱糟糟的,实质上却很有章法。这是我们捉迷藏的最好去处。躲在里头,闻着又干又湿淡淡的熟味,咬一根在嘴里,憋住笑憋住呼吸听小伙伴在外头干着急。到现在我都觉得,当草垛包围着我时,我是最安全的。长大了,还常常渴望再有机会回到那个年代,藏在草垛里回味回味,哪怕片刻也是好的。

六岁那年,在小伙伴的怂恿下,我壮着胆子学骑自行车。不知道摔过多少次,只记得每次都是草垛软软地托住了我。那时觉着好玩,而今想起来,跌倒了能有一片柔软呵护,真是一种福气。

有事没事，我总爱仰躺在草垛上，小手枕在头下，跷起二郎腿，在懒懒的酥酥的阳光下，一脸幼稚却又神圣地想事——大自然的神奇神秘、梦想狂想幻想瞎想胡思乱想……亲爱的草垛啊，你收藏了我童年时的全部思想。我总觉得我的多愁善感的习性，就是因为在草垛上躺得过多所致。现在，我身下已无草垛，可我还是乐意梦想狂想幻想瞎想胡思乱想，这使我的生命有了更多的更为丰腴的内涵。

我得对草垛表示感谢。

与草垛一样长年坚守晒场的还有碌碡，这家伙有大有小，但都是同一个模样：青色的，有槽有棱，还有像弹孔一样的小洞，密密麻麻的，一看它就能想起"千疮百孔"这词来。夏收秋收时节，老牛拉着它在麦子稻子上吱吱呀呀地翻动。其他时候，它静静地待着，像是沉入了它那沧桑的岁月不能自醒。我们来了，用它比一比看谁的力气大。举不动，撅起小屁股推。累了，它就成了我们的马了。骑在上面，用根茅草或柳条当马鞭，我们比骑真的马还高兴。碌碡，慷慨地给了我们欢笑、友谊和力量。

我向碌碡致意。

夏天，人们在家门口乘凉的少。晚饭后，人们悠悠地向晒场流动，最先到的是小孩，然后是老人，然后是汉子，最后才是各家操持家务的女人。按各自的喜好脾气自由地组合成一个又一个小圈子。躺椅之类的是没有的，全是一色的小板凳。男人们烧着烟锅,女人们纳着鞋底,孩子们则在人堆和草堆间乱窜。夜色抚摸着村人的疲惫,晚风吹拂着老人的皱纹和年轻人的心灵。没有灯光,大家却彼此看到对方。

村里的事、村外的事、鸡零狗碎的事,陈年烂谷的国家大事、现在的事、过去的事、将来的事,都由村人用语言、手势和唾沫在晒场上上演。大家只是说,你说你的,我说我的。不唱对台戏,不抬杠。说得最多的还是自家的事。女人说自家的男人、孩子,男人道自家的盖房置家业之类的事。那些出过远门的,把那点早已嚼得烂如淤泥的所见所闻如牛反刍样再吹一次。没人生烦,表现出极大的兴趣,好像是头一回听。新鲜着呢!

正常情况下,老人们多在说古,年轻人在谈论未来,女人们则是家长里短。结了婚情骂俏,小伙子姑娘家竖着耳朵一字不落地听,绝不插话。人们说话的声音时高时低,如同在风中晃动的电线。笑声有的是,弱时像河边悠悠摇摆的芦苇;强时似哗哗的流水。也有几个女人脑袋凑在一块儿如白天晒场上空的麻雀一样叽叽喳喳。孩子们是风筝,母亲的话语是牵拽的丝线。"二子,钻哪儿了?""拴子,夜里别进草堆。""狗蛋,你看你,鞋呢?"这些话,时不时像蛇样在晒场上游动。奇怪的是,她们没有拿眼看,就知晓自家的孩子在晒场的哪个角落在干什么。难道做母亲的有另一双隐蔽的眼睛在时时注视自家的孩子?

我爱扎在老人堆里,听老人们讲那过去的故事。我手托起下巴(一般都是歪着脑袋),迎着老人烁烁的目光,走进我心仪的故事里。将相王侯神仙鬼怪,更多的是我们祖先的奇闻逸事。语言是平实的,叙述是朴素的,可故事的魅力是令人心醉的。老人们嘴里牙不多,说话漏风,加之年岁大了,呼吸也费劲了,一喘一喘的。神色飞扬的脸上,挤满了沟壑般的皱纹。这就是老人,这就是我钟爱的老人。兴许,我儿时总被人说成老相,就是因为我与老人待在一起的次数太多时间太长太过于沉迷的缘故。所幸,而今我返老还童了。要不然,真不知该如何是好。

我也爱和女人们在一块儿,她们爱笑,笑得像风中的垂柳浑身发抖。她们的手和鞋底一样粗糙,干枯头发里夹杂不少和她们手中的白线一样的白发。她们的许多话让姑娘家垂下红红的脸蛋,而我却蒙蒙的。她们有一肚子的歌谣民谣。她们随意地哼,调子全一样,变化的是其中的词。至今让我念念不忘还常常不由自主哼哼的是——

    肚子疼,上盐城

    盐城医生不在家

    抱着肚子喊妈妈

    妈妈拿来洗脚盆

    让我蹲得脚直疼

    生下一个小娃娃

    抱着我叫小爸爸

夜深了,大人们的身子凉了,心却热乎乎的。孩子们呢,一身汗一身泥,心倒是疲了。回去吧,人人都有一个好梦。明天还得上工呢!

现在想来,那时候的乘凉真是美不胜收。天上的星星是那么的多那么的亮,夜风是那样的柔和清纯,蛙鼓虫鸣是那样的动听悦耳,还有那飞来飞去的萤火虫。一切的声音、景象、词语、气息、气味、色彩……如同河里升起的薄雾笼罩着夏夜的村庄夏夜的晒场。

镇上来放电影在晒场,戏班来唱大戏在晒场……晒场,拥抱着来自四面八方的文化。这里没有世俗的抵触,没有家族的抗拒。谁都知道,这一切仅仅是属于晒场的。尽管如此,晒场的的确确是村人感受外面世界的窗口。不是唯一的,却是最主要的。这得益于晒场的宽容大度。

晒场,成了全村的政治经济文化信息中心。当然是民间性质的了。

在都市里待久了,晒场一跳到脑海里,便认为那是天堂——我再无法接近的天堂,只能存留在我的想象和记忆之中。如今,我到何处去寻求如此的自然之地、干净之地、最接近人性的家园?因为晒场不是舞台。

我敢说,晒场装下了村人全部的喜怒哀乐爱恨情仇,那默默无言的土地里掖下了村庄的全部历史。

晒场浓缩了我童年的全部,我心灵的脚步跨得再大走得再远,是不可能走出那并算大的晒场的。晒场是我人生的出发地,有了它,我才有所谓的漂泊天涯和浪迹海角。

有了永远的晒场,我才有了永远的漂泊。

"举头望明月,低头思故乡。"这是思乡最普遍也是最永恒的姿势。我思念故乡,总是从晒场开始的。我无法绕过它。

晒场是我的灵魂最终的栖息地,无论我肉身在何方。

挑猪草

　　在朱湾村没人说打猪草、割猪草,只说挑猪草。我们这些孩子不懂得为什么非要用这个"挑"字,倒觉得还是用"打"合适。割回来的草,不是大人说的那些,那大人们上手就会打。父亲常年在外,爷爷奶奶舍不得下手,母亲承担了打我的重任。猪草的确需要挑,是挑拣的挑。地里什么草都有,猪是个著名的吃货,但也不是什么草都能吃都爱吃。那我们只能牢记大人吩咐的该挑哪些草不能挑哪些草,在大人嘴里猪比自家孩子金贵得多,我们不挑好挑多猪草,屁股就得受打。

　　孩子们与土地很亲,但没有大人的吆喝和吓唬,没人喜欢干活。到田间地头、路边河岸挑猪草,小伙伴可以堂而皇之地聚在一起玩。并不是每天都要挑猪草,什么时候挑,我们也不知道,但每到挑猪草时,总会聚上几个小伙伴。现在想起来,着实有些奇怪,那时候,我们几个玩得要好的,只要挑猪草,好像都能凑到一

126

块儿。这不是我们的约定，好像大人们也没心思有这样的约定吧。

挑猪草，让我们多了些玩的机会，这并不能让我们感谢挑猪草。不挑猪草，我们可以玩得更野。对了，我们确实是在打猪草，挥舞镰刀不是在割，是在向猪草撒气。没办法，我们有心没胆跟父母叫板。

房前屋后的自留地，生产队的庄稼地，由不得草胡乱撒野。猪草只是奴婢，都躲在角落里。这可好，我们猫着腰瞪着眼，像找地雷一样寻觅那些猪草。

生产队地里长着大片的苜蓿，绿灿灿油汪汪的，翻进地里是肥料，割上来是猪草。这样的猪草是生产队那些猪的美食，乡亲们自家的猪是野孩子，没资格享有这口福。大人们眼馋，但不会下手，公家的就是公家的，动不得。小孩子们不管这么多，玩过头，或者实在挑不满一篮子别的猪草时，就会像偷地雷一样用苜蓿撑满篮子。到了家，大人们只是瞟一眼，不吭声。只有哪天生产队干部找上门时，大人们才会恶狠狠地当着干部的面教育孩子。言语说教，几乎没有，骂的话也不多，抢起扫帚往孩子屁股上挥舞是主要动作。直到一旁的干部看得实在过意不去，默默离开，大人才会停手。这时候，语言才正式粉墨登场，句句是数落孩子的不是，净化孩子的幼小心灵。集训斥与教育，义正词严、慷慨激昂。目光盯着干部的背影，嗓门大，句句入情入理，绝没有含

127

沙射影的意图,可怎么听都是拿话在砸干部。

偷公家的苜蓿,这样的事,我们也不情愿多做。倒不是我们不愿意偷,主要是觉得没办法瞒住父母,太没意思。那时候,无论做什么小小的坏事,只有瞒住了父母瞒住了所有的大人,我们才有成就感。

不专心挑猪草,一个下午两三个钟头装不满一篮子。大多数时候,我们有说有笑连打带闹,但主要心思还在挑猪草上。只是有时候,就不一定了。这一天实在没兴致,就磨洋工;刚被大人训过或打过,挎着篮子出门心里就打定了罢工的主意;几个伙伴玩"抓鬼子""打泥仗",把任务抛在脑后。反正不管怎么着,我们十天半月就会有一回天快黑时才想挑猪草,才觉得不把篮子装满,是不敢回家的。

招数当然是有的。我最常用的是打埋伏。根据割得猪草的多少,找几根芦苇秆或小树枝什么的,将篮子分隔成上下两层,上面铺猪草,制造出满满一篮子猪草的假象。为了更逼真,我会在篮子里放几块土块,这样挎着篮子,更像是满载而归。回到家,大声说话,为的是让母亲出门亲眼见证一下,母亲有时忙,顾不上验货,我会主动送到母亲跟前。这个过程十分的短暂,只是在母亲眼前一晃,然后我急匆匆去喂猪,不给母亲反应和说话的机会。

不管我表演得怎样的真实圆润,有时还会让母亲逮着。没关系,挨了打,老实些日子呗,老老实实地少玩多挑猪草,实在忍不

128

住了,再偷回苜蓿。

现在,每当我想起挑猪草,马上会想起怎么糊弄父母的,怎么在地里疯玩的,怎么受骂挨打的,唯独挑猪草的画面淡得几乎没有了。还有就是那些疼痛和辛苦早已随风而去,留下的都是快乐的记忆。

和外婆聊天

外婆是我侄女的外婆，我们这儿的风俗是跟着晚辈称呼长辈，所以，我也叫她外婆。外婆今年八十一岁，绝对是个潮人，和她聊天，至少得把她看成三四十岁才行，要不然，绝对跟不上她的思路。

外婆提议看《建国大业》，说这片子票房不错，云集了各路明星。刚好我能腾出时间欣赏这部以商业方式运作的主旋律影片。坐在客厅里看碟，虽然少了些影院的视听效果，但多了些家的感觉。从影片一开始，外婆就完全进入状态，每一位明星出场，她都能叫出名。说实话，许多明星我十分陌生，而外婆对绝大多数明星还能如数家珍地道出其主演的电影电视剧或演唱的歌曲，甚至还能说出他们最新的活动。她说得轻巧，而我的记忆根本跟不上趟儿，想记些什么都来不及。一部电影看下来，我还真获得了许多娱乐明星的信息。

岂止是娱乐行业,外婆的兴趣相当广泛,大到国际国内大事、民生民情,小到社会新闻各类八卦,只有我不知道的,没有她不知道的。许多老年人喜欢怀旧,爱围绕往昔的话题津津有味。要么就是与你大论养生之道,健谈为人处世。外婆可不一样,聊天就是交流。她喜欢与你论及当下,什么最时尚最流行,她就和你聊什么。聊到兴头上,她双手不停地比画,时而露出灿烂的笑容。青春这一词语原本已经离她很远,可我还是不得不用青春来表述聊天中的外婆。是啊,这哪是八十来岁的老人? 非要带个老字,也只能是老顽童。不,更为准确的感觉是,她的心灵世界一直栖居着童心,年轻依然在她的血管里欢快流动。

　　现实世界如此,虚拟空间也难不住她。和她聊天,我的时尚话语和网络语言根本拼不过她。她说她腿脚有些不灵便,现在的生活很宅。早上 6 点起床,要看新闻;上午看报纸,下午上网转转,晚上看电视剧。平常,她侍弄些花花草草。外婆爱摆弄电脑,每天都会在网上转转,还开了博客,时不时她写上篇小文章。和她聊到这些,她更是兴奋。跳跃式的思维,妙语连珠的言辞,网络中的新奇古怪,被她烩成了词语盛宴。

　　我总是以为我这人聊天还是可以的,什么样的话题我都能应付得来。可和外婆聊天,让我心发慌。她思维敏捷,反应灵动,思路鲜活,天哪,我居然跟不上她的词语行程。人们常说一代人与一代人间有代沟,可面对外婆,因为年龄而成的代沟消失了,随之

131

而来的,倒好像是我落伍了。我能说什么,只能说,这样的外婆异常可怕,害得我手心发潮。而外婆是个潮人,这绝对不是传说。

外婆很谦虚,说是自己闲来无事,所以对什么都感兴趣。她还说,这脑子越用越灵,到了老年,更要多用脑,敞开心怀迎接周围的一切。而要我说,是她对于生活的乐观心态,思维的无条件无限制开放,才有了她与这个世界实时的沟通。她的健康情绪和对于生活的无比热爱,如同阳光温暖着我的心灵。

外婆,和你聊天真好!

回到父母身边过年

从小到大，年年过年，品出了不同的年味。多年后才明白，在父母身边过年真好。只有在父母身边过年，这年才算是过了。

小的时候，过年就是有好吃的，有新衣服穿，有压岁钱拿，还有父母一天到晚笑嘻嘻的脸。那时候最盼望这年最好天天都能过。每天都过年，那就是天下最幸福的事。

参加工作后，有段时间觉得这过年越来越没意思。父母催着回去，我却打不起精神来，过去过年盼望的那些，现在已经没有吸引力。过年，要么是把几个月欠下的觉一次性补上，睡他个天昏地暗；要么就是去庙会公园酒吧等地方，或看热闹，或与朋友狂欢。这过年等同于放长假，没过去的年的滋味。工作的单位离老家越来越远，回家的车票越来越难买，旅途的艰辛越来越让人窒息。说实话，有一段时间，回老家过年真成了我的一种负担。回去，也是苦于父母一遍遍的电话，实在是没法儿找到几年不回去过年的说辞。

重新燃起过年的渴望是我有了孩子后。不知为什么,自己已经不把过年当回事了,可当上父亲的我,对儿子过年十分重视。儿子帮我实现了小时候的愿望,新衣服、好玩具和那些吃得营养过剩的好东西,天天可以有了。可到了过年,我还是要为他大采购。明知他吃不了多少,年夜饭也做得特别丰盛。除夕夜,我会学着父母那样,为儿子装上一袋点心塞在他的枕头下。这是我们家的风俗。这点心袋里有糖果、云片糕、芝麻片糖、花生等八样。我小的时候,父母千叮咛万嘱咐,这点心除夕夜里是万万不能吃完的。那好,我一点点地吃,熬到十二点,我就风卷残云般一扫而光。后来,在我童年有关过年的记忆中,这样的场景是深刻的。我知道,儿子对这些点心不在乎,到最后还得由我吃了,但我还是会精心而虔诚地为他备上。那个除夕,我看着熟睡的儿子,特别想我远方的父母。那一刻,我决定以后要回家和父母一起过年。有了这想法,这以后我都尽量与父母一道过年,有几年确实是没办法回去,那几个年总觉得没过一样。

自从回到父母身边过年,我才咀嚼出年的真正味道。千山万水回到父母身边,可以不多说话,其实什么话都说了。父母在我的视线里,我才觉得我是完整的。我平常也会回去看父母,或者父母到我这儿来,可在过年时与父母在一起,那感觉就是不一样。实在是说不清,这到底是为什么。还有不一样的就是,回到老家与父母过年,与把父母接出来过年,在我心里,回到老家与父母一起过年,才是真正的过年。

父母年岁大了,我们一大家子聚在一块儿,自然不让他们多忙活。只有一样除外,那就是除夕晚饭后的搓圆子。我老家把没馅儿的汤圆叫圆子,晚上搓好,大年初一早上煮熟蘸着糖吃,还只能吃双数。母亲是不愿意我们撇开她搓圆子的,再怎么着,她都要参加进来。许多时候她让我们看电视去,圆子交给她一个人搓。这个时候,父亲忙着给大家准备点心袋。这一刻,父母是那样的幸福,而我们似乎都回到了童年时代。这一刻,我们好像又忘记是在过年,只觉得老老小小一家人在一起,平和平淡之中盈满了幸福。过年期间,我们不怎么外出,在家与父母说说话,打打牌,然后就是忙饭菜。内容不丰富,热闹也有限,有时一不留神好像与平常过日子没多大区别。

现在想起来,回到父母身边过年,好像也没什么特殊的记忆。与朋友聊起来,我都确实没什么好说的。每一年都是这样,年过得很平常,照家乡的风俗按部就班地过。可是每年到了下半年,随着过年的脚步越来越近,我就开始向往着回家过年。我们弟兄间的电话联系,总是常常会提及过年回家的事。过年回家,成了我最幸福的一次回家;回家过年,是我过年最需要的方式。我越来越觉得,不回家和父母在一起过年,这年根本没算过。我想,这可能是因为植根于我们心中的那份浓郁的乡情与亲情。

那好,收拾收拾,准备启程,回到父母身边过年去。

我家的年有点特别

　　我从小就知道，我家的年与村里别人家的有些不同。长大后，去的地方多了，见识广了，我发现我的家确实有与众不同的地方。

　　过年，总是要放鞭炮的，可我家不让放，也不能到别人家去看。我爷爷说，炮仗就是听个响儿，用不着眼睛，在家听就行。每到这时候，我爷爷就会和我们讲一次为什么我家不放鞭炮。说是他爷爷的爷爷有一天过年放鞭炮，一只鞭炮钻进了袖子里，烧坏了一件崭新的长袍。这事不吉利，比不吉利还严重的是，新长袍就一件。我爷爷从没说过他爷爷的爷爷的那个年是怎么过来的，只是说从那时起祖上定下规矩，过年不让放炮，平常更不可能开禁。这下可好，外头爆竹声声热闹非凡，我们只能待在家里。有一年，我七岁的弟弟实在是憋不住了，偷跑到隔壁家，向人家要了两个小炮仗。他点着一个扔到空中，可不知道怎么回事，炮仗钻到身后人家厨房柴火堆上了。不用说,弟弟被我父亲揍了好几下。我爷爷说,瞧瞧,我们家不能沾这炮仗的。我当兵第一年,是第一次在外过年。那年过年,是我有生以来第一次放鞭炮,那感觉妙不可言,我觉得自己都成了一个鞭炮。老兵笑话我,瞧这新兵蛋子,平常挺老实,怎么见到鞭炮就疯了样。

一般人家年夜饭都是晚上吃,我家偏偏是中午。最和人家不一样的是,我家除夕晚上吃的相当特别。炒年糕是主食,菠菜炒猪血是菜,外加一个青菜豆腐汤,就这么多。这还是与祖上有关。以前我家的年夜饭也是在晚上,也是大鱼大肉。不知哪个朝代,我的一位祖上这晚上吃太多撑死了,从此我家的年夜饭就挪到了中午。晚上吃的这些也有些说道,年糕扛饿,也有年年登高之意,猪血是代表日子红旺,青菜豆腐汤一是刮中午的油,二是要一清二白地做人。

我家过年没有守夜的习俗,多半不到十二点就睡觉。可不能太晚睡,大年初一要早起拜年的。我家的讲究是,初一起得早,一年才能不贪睡。一大早,我们弟兄仨要一起去父母床前拜年,父母才起床去爷爷奶奶床前拜年。这是规矩,不能乱,晚辈没去拜年,长辈断不会起的。小的时候,初一这天早上,我们常常恋着热被窝不想起床,耳朵里就会传来隔壁房里父亲的咳嗽声。那是在催我们哪!年初一,大人不能训小孩子,更不会打。我们知道这时候父亲是不会发火的,但我们还是要赶紧起来,要不然我们过

137

了初一躲不过初二的。那年我们弟兄都已成年,都是从外地回家过年的。除夕夜里聊得太久,三人倒在一张床上迷糊了。初一一大早,我们都赖在被窝里企图以无声的方法打破这拜年的规矩。可我们在父亲的咳嗽声中没能坚持五分钟,一切又回到了从前。

有些事总是会变的,我家的年也是这样。我儿子长到五岁时,我们家过年不放炮仗的规矩被他破了。那时我爷爷奶奶已经去世,是我父亲同意我儿子的提议的。当然,我们也跟着沾光,那一年,我们好像把从小到大的鞭炮都补上了。现在回去过年,鞭炮烟火可劲地买尽情地放。拜年嘛,我儿子这一辈也没效仿,相反,有时得我拽他起来,可我们这一辈还是会到父母床头拜年的。晚一辈的不给我们拜年,但得和我们一起去给他们的爷爷奶奶拜年。小时候,我们只说:"爸,妈,过年好!"现在我们说:"爸,妈,过年好,身体健康,快乐长寿!"初一不让睡懒觉,早起去父母床前拜年,我们小时候觉得不舒服,像是在完成任务一样。可现在我们站在父母床前,幸福的感觉充满全身,真希望以后的每年都能这样。

全没有变的,是除夕晚上的老三样。也不知为什么,我们从没想过要破旧立新,反而一想到过年,就盼望着这顿特殊的年夜饭。每每与别人聊起年夜饭,我还莫名地觉得很自豪。我在想,即使以后真有一天要改变的话,可以加些菜,但这三样是不能少的。是啊,如果真的全变了,那过年还是过年吗? 毕竟,不管怎么样,有些事是可以变的,有些事是不能变的。我爷爷说,一户人家总得有点与别人家不一样的地方,这才是自个儿家。我想,或许,不仅仅家是这样。这一想,就觉得我爷爷的话很深奥。

回家的日子最平常

回故乡的路再短,感觉也很长,是如潮水般的思念拉长了回家的路。从定好日子回家开始,心灵已经上路。从这一刻起,想家的心绪如同进入汛期的河水,每时每刻都在上涨,一次比一次强劲地撞击胸膛。

很奇怪,每次总觉得见到母亲的那一刻,我的情感会决堤,可每当我看到母亲,我情感的浪潮一下子变成了舒缓的河水。

听父亲说,从得到我要回家的信儿开始,母亲的话明显多了,一天不知道要念叨多少回,儿子要回来了,儿子要回来了。父亲常开玩笑说,你妈把见到你当作上场比赛了,越临近越兴奋。可母亲每次见到我,都很淡定,就好像我是这天上午刚出门似的。人说母子连心,看来这话多少有点道理,要不然,我的情感变化怎么与母亲一样的呢!

只要我提前打电话告诉母亲到家的时间,我到家时总是见到母亲在院门边择菜。每回母亲总是以这种方式在等待她的儿子，即使实在等得太着急，她也不会到路口去张望，就是想出去看看，她一定找个由头。有次我比预计时间晚到家七八个钟头，母亲往路口的小店跑了好几趟，不是买袋盐就是买瓶酱油。来回十来分钟的路，母亲都要走上半个多小时。

母亲见到我，连忙站起来，双手在围裙上揩了揩，回来了。母亲的语气很平常。即使我离家再久，母亲也不会像别的母亲见到孩子那样拉着我的手左看看右瞧瞧，好像从不细细打量我。就是近几年她年纪大了眼神不好了，也从不会离我很近。我也没发现她特意看我，可我身上的一点点变化，母亲总能看得出。

母亲笑得很甜，皱纹爬满的脸，如风吹过的水面。没等我走近，母亲就先进了屋去了厨房，忙着为我做吃的。

我站在母亲身后。母亲的白发又多了，个头好像又矮了些。我想抱住母亲，可抬起的手却是在抹眼角。我心里酸酸的，眼眶里湿湿的。我对母亲说，妈，别忙活，说说话吧。母亲说，没什么忙的，不耽搁说话。每到这时候，都是我先说离家这些日子的事，然后母亲会说家里的事。这些话，平常电话里都是说过的，可我们像是第一次说一样津津有味。母亲几乎没有闲的时候，手里总是有忙不完的活儿。我每次回家与母亲的交流，多半是这样进行的。有时我在看书或写作，母亲会坐在离我不远不近的地方，或择菜，或叠衣服，我不说话，她就静静地坐着。有时我想和她说话,她会说,你忙你的,我坐在这儿就好。我知道,只要我在母亲的目光里,她就很知足。而每到这个时候,我心里特别的空灵安详。

我为母亲梳头、剪指甲、洗脚捏脚和按摩,带给她的衣服,我让她试穿,帮着她提提肩拽拽衣角。母亲会有些不好意思,我的动作也有些笨拙。对我而言,这与其说是为母亲做点事,还不如说是我在借以品味当年母亲为我们做这些事的细节。

每次回家,看我带着东西,见我帮着做这做那,母亲都会说,人回来了,比什么都好。儿子长大了,母亲不图别的,只是希望儿子平平安安,能回到她身边看看说说话。母亲没想过回报,当然,纵然我们再感恩再回报,也无法报答母亲那醇厚的爱。

无论离家多长时间,无论是过去还是现在,我回家的日子总是这么平常,在家里的生活,是最没有故事的。可在家里,回到母亲身边的日子,因为平淡而可亲。

一跨出家门,我就开始想家;一走离母亲的视线,我就想母亲。从这一刻起,念家的种子就落入心田,每天都会生长。因为我喜欢家中那平常的生活,我需要母亲那润物细无声的爱。

芦花里的春天

秋风起,雁南飞,苇叶黄,芦花白。一到秋天,河边的芦苇焕发出另一种生命的醉美。芦苇那翠绿的秆由青绿变成浅黄,继而又染上深黄,忽一日,这劲瘦的芦秆撑起一蓬饱满丰硕的芦花。

在我的家乡,把芦苇叫芦竹,把芦花叫茅花,可我更愿意叫成毛花,毛茸茸的花。小的时候,芦花是我欺负的对象。高兴了,生气了,都会用棍棒抽打芦苇,看那朵朵芦花或垂头丧气低下头,或无奈落入水中漂浮。每次母亲看到都会说,有这力气别糟蹋了茅花,拿家来。母亲要茅花是为了编毛窝,一种毛茸茸的草鞋。在我童年的冬天里,我从没穿过棉鞋之类的,只有毛窝伴着我。

每到深秋的中午,母亲便会去河边摘芦花,这时候的芦花最干燥。大朵的芦花被母亲放在篮子里,阳光下,那丝丝絮絮的绒花轻飘漫舞。许多人家是割下芦苇,然后再折下芦花。母亲却总是先摘下芦花,再割芦苇,为的是尽可能保持芦花的清爽干净。

摘下的芦花还得经过几次暴晒,才可用来编毛窝。常常是在昏黄的油灯下,母亲先把朵朵芦花顺平捋服帖了,然后双手上下翻舞,为我们编织冬天里的温暖。不知多少个夜晚,我就是在这样的情形中进入梦乡的。那时候,我不关心母亲是怎么把那些芦花巧编成毛窝的,想的只是某个早晨醒来,一双毛窝如毛茸茸的小船停泊在我的床头。

毛窝的个头很大,看起来笨重,穿起来却很轻,里外都很松软,既暖和,又透气排汗。小的时候,我这汗脚也只有穿毛窝时才没那水淋淋的感觉。我喜欢在冬天的阳光里,脱下毛窝,晒晒脚丫子,也晒晒毛窝。只要那么一会儿,毛窝里就好像盛满了阳光的温热和阳光的味道。再穿上毛窝,双脚感觉一直被阳光拥抱着。

母亲常说,我们是被芦花暖大的。那时候,到了冬天,床上垫的,下面是茅草,中间是芦花,上面是破旧的床单,人睡到上面,立刻就会陷进去。枕头,就是一件破得不能再破的衣服包着芦花。一夜到天明,床单早不知被身子碾到什么地方去了,我多半是睡在那一片芦花的怀里。每到那时候,我就有些迷糊,不知道是睡在床上,还是像冬日的中午嘴里含着一枝芦花躺在屋后那芦苇堆上,有时我甚至感觉自己就是根芦苇。

我儿子生下来时恰好是个冬天,母亲用芦花做了十来个尿垫子,说是送给孙子的礼物。我说都什么年头了,没人用这玩意儿了。母亲不高兴了，说你真够忘本的，你小的时候全指望这芦花过冬呢。我拗不过母亲，只能不情愿地用上。倒是我儿子这个什么也不懂的小家伙，好像天生与芦花有份亲近，躺在上面兴奋得不行。母亲看了笑得很灿烂，瞧瞧，我说的吧，我们家一代代都是芦花暖大的，我这孙子也不例外。我说，那您也给您孙子编个毛窝吧。母亲说，你以为我不想啊，只是现在再穿毛窝要被人笑话了，要不然我还真给孙子编几双毛窝。母亲说这话时，脸上的神情就和当年在油灯下编织毛窝时一样。

一年初冬，我和母亲一起回到老家。那条河还在，走在河边，岸边芦苇零零落落，芦花了无生机。母亲看着芦花，和我说起以前她摘芦花编毛窝填枕头铺床的事。母亲说，我刚生下来的时候，是睡在木桶里。木桶里是厚厚的芦花，就像一个大大的毛窝。母亲不识字，可想象力真是丰富。我以前怎么就没想到，那塞满芦花的木桶就是个大毛窝呢。

母亲话锋一转，这河这芦竹这茅花怎么跟人似的也老喽！是啊，河老了，芦苇老了，曾经年轻的母亲也老了。

这些年来，我无论走到哪里都没忘记芦花没有忘记毛窝，我以为我是怀念芦花里藏着的春天，现在我才明白，我留恋的是那贫穷之下温暖的母爱，那毛窝是母亲用心编织的。

母爱是无形的拥抱

　　拥抱，是由情感一笔一画写成的。无言的拥抱，胜过万语千言。人世间最具力量的拥抱，一定是母亲给予的。

　　母亲肯定是抱过我的，没有母亲的怀抱，哪能有今天的我。我刚生下来三天，浑身抽搐，口吐白沫，母亲顾不得身子虚弱抱我到桥头的铁匠奶奶家救治。母亲告诉过我，我们弟兄仨，我小时候被她抱得最多，那是因为我小时候身体虚弱常得病。可我一点也记不得，甚至无法想象当年母亲抱我的样子。这人生最初的记忆，本该是最深的记忆，我却忘得一干二净，但我知道这份记忆一定潜在我生命深处，化作了血液在我周身流淌。其实许多时候母爱就是这样，总如同隐形的翅膀给我们飞翔的力量。

　　有时，我会问母亲，我在她怀里是什么样子的，母亲总淡淡一笑，能什么样子？孩子样呗！有时母亲也会说，那时候没钱拍照片，要不然留张照片到现在那该多好啊。是啊，要是有张母亲抱

146

着小时候的我的照片,那比现在所有的东西都珍贵。

我不知道母亲是什么时候开始不抱我了,也不知道我小时候有没有主动扑进母亲怀里过。母亲说记不得这些事,母亲说,你都长这么大了,问这些做什么。父亲很早就在外工作,母亲一个人把我们弟兄仨拉扯大,地里的农活她也不能少做。那时候家里穷,日子过得很艰难。不用说,母亲付出了许多,一定也有许多那时候的生活细节深深印在母亲的生命里。可每次说到我们小的时候,母亲几乎从不提那些苦啊累的,顶多也就是笑着说,你们弟兄仨小时候没一个省心的。母亲会说,你们小时候哪像现在,那时候一天三顿饭都吃不饱,让你们小的时候没吃上好的穿上好的,我这做妈的一想起来就难受。母亲啊母亲,您为我们付出的辛劳,您只字不提,只诉说您心中对我们的愧疚。

母亲说得最多的就是,这天下当妈的都是一样,自己吃的苦早忘了,让子女受的罪,忘不掉啊。母亲是个不识字的农村人,可我觉得她这话是对"母爱"最好的解读,在朴素中进入了崇高。

母亲从不看电视,但我回家坐在电视机前时,她有时会坐在我身边。她不看电视,专心做着手里的活儿,比如纳鞋底,比如剥豆子,比如叠衣服,反正母亲手里总有做不完的活儿。有一次,电视里出现远方的儿子进家与母亲热情相拥的画面。我趁机说,妈,我还没拥抱过您呢。母亲有些意外,你都抱上儿子了,还要妈抱?我说是拥抱,母亲有些不明白,什么拥抱?拥抱是做什么的?

有什么用？我说拥抱就是抱。母亲说，妈不要拥抱，只要能看着你，能和你说说话，比什么都好！

尽管我在梦里无数次拥抱过母亲，也被母亲无数次拥抱过，可真从梦中走到现实，我做不出。我不知道这究竟是为什么。或许，是因为在我的记忆里，母亲与我之间从未有过亲昵的动作，甚至都不怎么拉手，一切是那样的自然而平和。亲近的只是那种气氛，那份感觉，而几乎没有任何亲密的动作。

我生活在母亲爱的春风里，风中有花香，可不见花的影子。就像我知道母亲很爱我，可除去那些日常化的生活，我还真想不起母亲有过什么特别的举动，都是些最为生活化的场景。母亲不说出爱字，不做那些亲近的动作，把一切的关爱化于生活的点滴之中，无声无息，了无痕迹，就如同空气拥抱着我的生命。越是这样，我越是觉得母亲伟大，母爱伟大。

是的，在我的记忆里，母亲从没拥抱过我，但我知道，我一直生活在母亲爱的怀抱里。她那看似平常的话语，那温情的目光，本身就是一种拥抱。质朴的母亲，让母爱融于生活的每一个细节，我只能感受，却无从触摸。

那无处不在的母爱，是看不见却真切感觉得到的拥抱。无论我走得再远，母爱那无形的臂膀都能拥抱着我，我都在母亲怀抱里。

父爱是首格律诗

　　父亲是再普通不过的人,但这并不影响他给予我的神秘感。总觉得父亲是座山,高大威严。山中怪石林立,树木森然。这是座无法走进也不敢靠近的山,只能抬头仰望,偶尔也鬼头鬼脑地窥视,但终究一无所获。

　　父亲总是很严肃,好像一面对我,面部肌肉就失去了活力。可能父亲有时也会有柔和的目光、温和的表情,只是我忽略了,或者他的威严已经完全淹没了我。有旁人在,父亲可不是这样,他比一般的人会说笑。可我知道,即使这样的谈笑风生离我再近,也不属于我。气氛相当融洽,情境完全呈现开放状态,一切都触手可及,但似乎总有一道无形的墙把我隔在外头。当然,这样的场面,我很少能遇到。就是遇到了,我也会主动避开。我们家有规矩,大人们说话,小孩子不允许参与。吃饭也是这样,家里来了亲朋好友,小孩子不能上桌,只能远远地眼巴巴地望着他们大吃大喝。在吃的规矩上,似乎比桌上的菜多得多。比如大人没到小孩子不能动筷子,不能把自己喜欢的菜挪到自己跟前,不能在盘子里挑挑拣拣,筷子不能插在碗里,吃饭时不跷二郎腿……实在是列举不过来。

父亲,就是规矩的化身,什么事只能这样做不能那样做,他不做任何解释,只是一句"这是规矩"。余下来的,就是照着做就行了。不守规矩,轻则会被那像柳条的目光和言语抽打,重则就是实打实的巴掌呼地奔过来。这一切就如同私塾先生与学童的关系,学童只管摇头晃脑地背诵古诗古文,别问那么多,一字一句背下来就得。不会背,那伸出手掌让戒尺来伺候。父亲与私塾先生的口气是一样的,这不是打不是罚,是帮你长记性。

在家有在家的规矩,上学有学校的规矩,参加工作了有单位的规矩有社会的规矩。无论到什么时候,父亲和我说得最多的都是"懂规矩、守规矩"。浑身写满规矩的父亲,古板得就像一首古体诗,句法句式平仄对仗,样样都是铁板一块动弹不得。

我上高二那年,有一次体育训练扭伤了腿,脚脖子肿得比大腿还粗,是被同学架回家的。父亲回来后看了一眼,什么也没说就出去了,再回来,手里提着一根用小树做成的拐杖。父亲把拐杖放在我身边,口气不容置疑:"没多大事,学还得照上。"那一刻,我真的恨他恨得要命。第二天,我就这样拄着拐杖去学校。直到三四个月后,我才听说,那几天,我上学放学,父亲都在远远地望着。还有,他其实到学校向老师说明了情况,说,如果我不能来,他就算是帮请假的。

因为参加体育高考受伤,我三年的辛苦化为泡影,成长中第一次受如此重的打击,那一段时间,我感觉每天都是昏天暗地的。父亲还是一如往常的平静而冷峻,好像压根儿就不关心我。但我发现家里的饭菜变好了,来看我的同学多了,常常也有同事来家里和父亲聊天。父亲和他们讲他的经历,他们也向父亲说他们曾经的挫折。这中间,父亲有一句话让我印象特别深刻,"人的一生,总是要吃些苦遭点罪的,早晚而已,这是规矩。"秋天过后,我实在是不想再上学了,就报名参军。学校老师知道了,都来找父亲,让他劝说我继续复读。可父亲说,都报名了,得按规矩来。其实我知道,如果父亲不同意我去当兵,我是走不掉的。后来,我走的那天,送我的人武部长悄悄对我说,你爸来找过我,说你真是想当兵。我这才有些回过神来,隐约觉得许多事都是父亲故意安排好的。

许多年后,我才体味到父亲这样方式特殊的爱,似乎也才有些读懂了这隐藏的父爱。

那年,年迈重病的父亲起夜摔伤被送进医院。母亲悄悄打电话让我赶紧回去一趟。也不知怎么的,父亲很快就晓得母亲给我打了电话,对母亲说,不懂规矩。紧接着就给我打电话:"没事,你那么远,没什么事请假也不好,我没什么大事,别回来了。"我知道不经他同意回去，他会很生气，我就说单位没什么大事，请假也很正常的。可父亲严肃地说："不让你回来就别回来，这是规矩。"

这些年，我也做了父亲，年纪渐渐大了，似乎步入了怀旧的年龄，母亲也会时常和我说起那些往事。母亲是位很好的导读者，让我知道了许多以前父亲暗地里关爱我的事，也让我读到了许多事背后的父亲和那些浓浓的父爱。我的父亲像天下所有的好父亲一样，无私地播撒无微不至的父爱。

父亲就是这样，对我爱得那样的深厚而细腻，但从不表露出来。严厉的外表下，有一颗滚烫的心。那些家传的人生不可或缺的礼数道义，是他的信仰与体验。在他看来，父爱，就是要让子女内心生长出这样的坚守与坚硬。父亲文化程度不高，不会用"铁骨柔肠"这样的词语，但他用行动一笔一画把这词语写得潇洒漂亮。只是，这样的父爱无色无味，在当时我是无法感受的，只能在人生路上回味时才渐渐感觉到。当我试图完全读懂这份父爱时，我发现这是一个极丰富又有些晦涩的世界，有的可以意会，却难以真切地表述，而更多的，则总是无法读透。

这样的父爱，真的就像一首古体诗，一首以年份原浆酿成的诗行。古典中流淌着现代气息，看似老旧了，但其实是我们现实生活的坚实大地。面容冷酷，条条框框如钢筋铁骨，但其里都是爱的柔软情的温馨。读不懂，悟不透，看似古旧了，但让我们的内心强大而丰蕴，提供了我们不断勇敢而快乐行走的动力。

这份古体诗式的父爱,我得用一生来阅读,来参悟。或许,在我儿子面前,我也是一首古体诗。我希望是,又不希望是。

父亲的脾气

　　父亲的能耐事,不是一下子能说完的。我得承认,我喜欢和我的朋友宣扬我父亲的这些有点像传说的故事。但这并不等于我喜欢我的父亲。相反,我从小就怕我的父亲,而且很不喜欢他。

　　父亲的脾气很不好,几乎没有一天不发火的。可以说,父亲的脾气和他的能耐一样大。我总是想不通,为什么我的父亲肚子里总是有那么多火呢? 随便什么事,都能把他点着。我没法仔细而准确地叙说父亲在日常生活中如何天天发火,发的什么火。在我的记忆里,从小到大,父亲就没心平气和地与我们说过话,要么是命令的口吻,要么就是训斥。是的,父亲是猫,我们弟兄仨是老鼠,只要他在家,我们这三只老鼠一准魂不守舍,时刻都处在草木皆兵、如临大敌的状态。对我而言,家庭是个险象环生的雷区,充盈其中的畏惧压抑,真是无法用语言来表述。我曾随我们那儿称为舢板的小渔船出过海,四周白茫茫一片,大风大浪将船抛起摔

154

下,我被颠得直吐黄水。我没有怕,反而觉得比待在家里面对父亲要好。

直到现在,我们在父亲面前还是这样。所不同的是,近些年来,我们难得一次回老家团聚,父亲不怎么对我们发火了。可对我母亲仍旧是天天有火发。这丝毫没夸张。有人说,我父亲的脾气与他的生理构造大有干系。我无从得知,也未曾就此请教于有关专家。

现在,我们弟兄仨都有了自己的孩子,也有了各自的事业,我们也会时常说起父亲的种种不是。可我们又十分关心父亲,知道我们情况的亲戚邻里都很奇怪,说这弟兄仨真是有意思,居然对父亲这么的孝顺。其实我们也不理解,有时甚至互相探讨,我们这是怎么了?我们应该恨父亲才对啊。我们不太相信古话"棍棒底下出孝子"一说,可我们又无法找到说服自己的其他理由。

这其中,父亲好像最不喜欢我,换句话说,我对父亲的意见也最大。我与父亲总是拧着的,我做的事他都不同意,他对我提出的要求,我都没照着做。说实话,到现在为止,我也没认为,父亲在我的人生道路上起到什么指点迷津的作用。但有件事,我真是要感谢父亲。

我上高中前对文科特别感兴趣,向往日后成为一名地理或历史学家,踏遍千山万水,或者穿行于历史的岁月。可上了高中,因为我的体育成绩突出,老师们都劝我考体育学院,自然,分科时我成了理科班的一员。想想当名体育老师挺好的,我开始努力在新跑道中奋进。

父亲对我的学习十分在意,总以高压政策督促我用功再用功,对学习以外的事一概严厉杜绝。没办法,我只能偷偷地练体育。根据我的身体素质,我选中的专业是中长跑。每天早上4点,我悄悄地从后门溜出去做准备活动,搞辅助训练和长跑。两小时后,再悄悄地进门,佯装刚起床早读。无论举止还是心态,我和当年白色恐怖中的地下党没什么区别。一年四季,早上4点时外头多半乌漆麻黑,唯一能让我跑步的那条通向海边的公路,两旁是茂密的树林,其中散落了许多大大小小的坟墓,不时有野狗狂吠、乌鸦惨叫。这让我很怕。跑着跑着,我浑身大汗淋漓,心头却是凉森森的。就这样,还得提防和骑自行车的赶海人相撞。

开门不出一点响声,我有经验,但弹簧锁常常害我,一不小心就被关死了——现在想起来,那时我也真够笨的,居然没想到配把钥匙,不过,想到了我也没钱。不管春夏秋冬,我从家出去时,都只穿薄薄的运动装,回头时脱得只剩下短裤。因而,在冬天时,门一旦被我锁上了,我只能祈祷天早点亮,父亲早点起床早点上班——他有比别人早到单位一小时的习惯。我得在我看到门而我父亲看不到我的地方,苦苦地寻找机会偷偷溜进家。许多次,天冷得要死,出过大汗的我就这样守候着。我不知道,现在我特别怕冷,是不是因此而落下的。

三年里的每个早晨，无论风雨霜雪，我都是 4 点起床进行训练，每天五公里，每周一个十公里，每月一个马拉松，一天也没有间断。这是我人生中的一个奇迹。这也为我的人生之路铺下了一块厚实的基石，让我不再畏惧困难，不再有什么事能够阻挡我一心行走的步伐。

　　现在想起来，我在为我的这段最富成就感的经历自豪的同时，要感谢父亲。尽管我不知道我为什么要感谢他。

父亲的绝活

　　父亲开过几十年的车,从吉普车到面包车,从半挂车到大货车,跑遍了大半个中国,行程达百余万公里,可一次事故也没出过。论驾驶技术,他所在的运输公司无人能比。有了这资本,那帮野马式的驾驶员,在我父亲面前不敢甩脸子。倒是先成立的修理部里一些修理工不吃这一套。尤其是从部队回来的几位高手,个个都有点过人的技术,平常牛气烘烘的,个个刺头,个个不服管。他们觉得我父亲开车是把好手,修车不会强到什么地方。既然修车没几把好刷子,那修理部的事,就少问少管。其实他们不知道,我父亲修车技术还是很不错的。父亲呢,也没急着管这帮小子。

　　在驾驶员面前,父亲经理的派头摆得很足,可到了修理部,父亲就把自己变成学徒工。在最初的两个月里,父亲一周总有两三个下午待在修理部里,给修理工当下手。那帮修理工开始还以为父亲是做样子,可日子一长,发现父亲就是个学徒的样儿,也就没什么顾忌了。有人说我父亲太纵容这帮修理工,这样下去,根本管不了。父亲不搭腔,只是笑笑。

有那么一个晚上,准确地说是凌晨两三点了,一阵急促的敲门声把我从梦中惊醒了。我迷迷糊糊听到有人说话,后来父亲就出去了,过了个把钟头,父亲又回来了。直到第二天下午我放学回来,才听修理工详细地说这事。那位平时最神气的修理工,叼着烟一脚踩在大车轮胎上和几个驾驶员在说话,那模样整个儿一个说书的。

原来,头天晚上,一辆跑长途刚回来的大卡车出了些状况,需要检修,时间只能是一个晚上,第二天还得出车。几个修理工忙活了大半夜,几乎把车都拆散了,但只能判断是发动机有毛病,可具体是什么毛病,搞不清,当然,也就甭提修理了。没招了,只能找我父亲。他们没指望父亲能修好,而是耍了个小心眼,请我父亲去,修不好了,不能正常出车,他们就没责任。

父亲披着衣服到了车间打量了一下几个修理工和一地的车零件,打着哈欠让他们把车装好了。修理工们装好了车,父亲又让他们发动车。父亲围着车转了一圈,又打了个哈欠说,你们把发动机拆下来,把气缸垫换了。

说完,父亲就回家了。修理工们半信半疑地照着父亲的吩咐一做,得了,修好了。

159

就这么一回,这以后,只要遇到解决不了的难题,他们就找父亲。父亲呢,历来都是听听车子的声音,最多开着车跑上一圈,就能准确地找到症结所在。渐渐地,他们发现,父亲的技术太神了。父亲心里暗自得意,把你们的绝活全学到手,再比你们稍高点,我看你们谁还把我不当回事。

半年下来,修理工个个服帖了,随便父亲怎么吆喝,谁也不敢起毛耍赖。

在我的中学时代,常常遇到这样的画面,一帮修理工个个满身油污,在车上车下忙这忙那。父亲呢,坐在一旁,抽着烟比比画画。有时父亲会不客气地说,你们瞧瞧,这就是技术高低的区别,我动脑你们动手。修理工们没脾气,还不停地再送上满脸的笑容,递上香烟点上火。

多少年来,修理工们都把父亲指挥他们修车的故事飘在舌尖上。就是现在我回到老家,遇上那些也年近花甲的修理工,他们还会眉飞色舞地和我们说起这些故事。这些故事,他们说过无数次,我也听过无数次,可他们依然在说,我也在像第一次听到一样听着。

父亲是个能人

父亲小学文化,但这并不影响他成为远近闻名的能人。

父亲上完小学,在家干了几年农活,就待不住了。那时候,也就是1958年,十六岁的父亲去了离家五十多里地的农场。在那个乡村交通极不发达的年代,没有汽车,连自行车也没有,全凭两条腿走,五十多里的距离,那是相当遥远的了,简直就是到了另一个世界。到农场做的还是农活儿,说白了和在家里一样,种田呗。既然是种田,在哪儿还不都一样,干吗非要跑到那么远的地方?当时,村里人都以为父亲一定是脑子里有根筋搭差了。我一直没听父亲说起过当年他为什么要这么做,当然我也知道,即使他再怎么如实地说,也无法再现他当时的真实想法。

在农场干了几个月的活儿,父亲这个小学生居然当起了小会计,就是负责记工分之类的。原因很简单,他脑子比别人活,有股见到什么就学什么的劲头。那时候,农场有拖拉机,一有空儿,他就缠着人家学。反正农场的地都是一望无际,可以任由拖拉机横冲直撞可劲儿地撒野。一段时间下来,父亲在广阔的田野里练就一手好的驾驶技术。

就这样在庄稼地忙活了几年,农场组建汽车队时,想到了有这么一个小伙子,头脑灵活,把拖拉机开得滴溜乱转,算是人才。就这样,父亲进了汽车队,去县城学了几个月的驾驶,就开起了大卡车。对此,父亲很自豪。当然他完全有理由神气活现。要知道,汽车队里除了他都是部队的驾驶员退伍或转业回来的,唯独他是被人直接从泥地里拔上来的。

这段时间父亲的神气劲儿,我没能亲眼目睹。我小的时候,父亲逢人便讲他的这段辉煌史,我是旁听者。我长大后,父亲无数次直接对我演绎他的这段光荣历史,目的是教育我,这人哪,只要有本事,总有出头的日子。无论父亲怎么样的夸张,我都认为是真实的。因为我一直清楚地记得,小的时候,也就是上世纪70年代那会儿,每当父亲从农场开着车回家,乡亲们羡慕得不得了,我也成了小朋友拉拢贿赂的对象,他们为的就是可以摸摸汽车。直到80年代初中期,已经到农场上学的我乘着父亲开着的车回村子里,也是牛气冲天。

1983年前后,汽车队改成运输队,农场与父亲签订了三年的效益指标,每年超额完成任务,就按比例发奖金。一年下来,父亲本该拿到一万元钱的奖金。一万啊,那我们家可就是别人家想都不敢想的万元户了。可父亲没敢,只要了九百九十九元钱,说是不过千。父亲胆小了,农场可不管,第二年不按原来的指标说话了,而是翻了一番。可到了年底,父亲还是能拿到一万的奖金。父亲呢,还是没敢全要,还只要了九百九十九元钱。

这以后,运输队升格成有陆运和水运的运输公司,父亲成了经理;后来又扩大为物资公司,父亲还是经理;再后来,父亲调到农场的农业服务中心当头儿。在哪儿,父亲的单位都是农场最赚钱的。农业服务中心最好的一年,纯利润达数百万元。父亲总说他是一个成功的企业家,这话我相信,农场的人也没有不服的。

不想要的温暖

我的父亲，一定是标准的严父。在我的记忆里，从小到大，父亲就没心平气和地与我说过话，要么是命令的口吻，要么就是训斥。父亲的脾气很不好，几乎没有一天不发火的。我总是想不通，为什么我的父亲肚子里总是有那么多火呢？随便什么事，都能把他点着。是的，父亲是猫，我是老鼠，只要他在家，我这只老鼠一准儿魂不守舍，时刻都处在草木皆兵、如临大敌的状态。这丝毫没夸张。

我一直盼望某一天可以出现奇迹，那就是父亲不再发火，不再威严，我们可以有春天般的相处，至少能偶尔出现动画片里猫和老鼠那轻松的瞬间也行啊。

没想到，奇迹居然真的出现了。只是，在那奇迹般的日子里，我的心在流血，那份温暖的感觉之下疼痛在呻吟。

父亲患了重病，那天从手术室到重症监护室，我在窗外借着

164

护士的镜子看到了父亲。父亲啊,我的父亲,怎么一下子这样的憔悴?我那强壮的父亲怎么一下子就这样的虚弱?尽管先前做了充分的思想准备,可我还是失声痛哭起来。那会儿我站不稳了,倚着墙瘫坐在地上,心一片空白,任凭泪水流着。

从监护室出来后的一周里,主要由我照料父亲。这期间,父亲一切都不能自理,当然,就是他想自理,我们也不可能忍心的。一天里,我要为父亲两次擦身,因为是双人病房,顾及父亲的面子,加之我总想尽可能为父亲擦得细致些、舒服些,我总是半个身子探进被子里为父亲细细地擦洗。父亲有些过意不去,总是说:"随便擦擦就得了,又不出汗,发不了霉的!"躺在床上久了,浑身都会不得劲的,我就时不时地帮着父亲按摩推拿,过一阵子,就为父亲捏捏脚丫搓搓脚背脚底。邻床的病友带着羡慕的口气说:"瞧瞧你这儿子,真比女儿还细心,真会照顾人呢!"其实他哪里知道,能为父亲做这样的事,我真的很幸福。在这之前,我哪有这样的机会与父亲如此的亲密接触。抚摸着父亲那干瘦的身体和皱皱的皮肤,我的心在流血,即使是这样,一股温暖的感觉还是在我体内悄然流动。

父亲很要面子,要问他想吃什么,他绝不会说的。那也好办,我就和他闲聊,套出他想吃什么喜欢吃什么。然后,我就去买。买来了,父亲总是要责怪几句的。每到这时候,我就说:"买都买来了,退是没法退了,你就吃吧。"父亲不再说话,我知道父亲算是默认了。水果之类的,我去了皮壳;那些点心之类的,我拆了包装,递到父亲眼前,他不吃,我就说:"都这样了,不吃放不住了。"父亲就会接住吃,边吃还总要说些这东西不好吃、那东西买贵了之类的话。我嘴里应付着,心里想,你说就说呗,只要你吃,怎么着都行。这样的场景,就像最拖沓的电视连续剧不间断地上演着。

每天从早到晚,从晚到早,我只有凌晨那两三个小时能勉强睡着一会儿。父亲身体轻微地扭动,那细淡的呻吟都会让我揪心。要不是邻床的病友时常不厌其烦表扬我一个又一个细节性的动作,我真没觉着我做了什么,也没想过要着意做点什么。我从未有嫌脏怕烦受累的感觉,一切都是那样的自然。我想,这与孝心无关,因为父子原本就是一体的。

在照顾父亲的日子里,是我有生以来第一次与父亲亲近地相处,我体会到了那渴望多年但又十分陌生的温暖。虚弱的父亲,没有发过火,脾气一如静静的河水。可是,我的心却被这样的温暖撕得生疼。父亲啊父亲,你还是回到原来的样子吧,只要你的身体能康复,我宁愿不要这样的温暖,永远也不要。

辑三　看着月亮吃月饼

半瓶水

自入夏以来,持续多天的烈日没完没了地烘烤大地,广场的水泥地真像烧烫了的锅底。在广场上停留的人不多,但有许多人从这儿经过。我站在一棵枝条稀疏的小树下,勉强蔽一蔽歹毒的阳光。三个多小时下来,我没喝一口水,广场周围倒是有不少撑着遮阳伞的冷饮摊儿,但我出门时忘了带钱,只能看着他人美美地享受滋润清凉。

这时,我眼前出现了一个捡垃圾的中年人。他戴顶破草帽,上身是一件脏得不能再脏的广告衫,下身着条花短裤,手里拎一只蛇皮袋。那脸有点特色,本是污垢满面,汗水一流,脸上像有条条蚯蚓在蠕动。我想,他一定比我还热,同我一样在诅咒这该死的天气。

他向一花坛边走去,那儿有一个塑料瓶,里面还剩半瓶水。这瓶子早已在我的视线中,但我一直未想到它有什么用。他走过去,弯腰拿起瓶子,看了看晃了晃。我发现他脸上原先的疲惫和烦躁没有了,取而代之的是我不明缘由的幸福笑容。只见他坐在花坛边,放下蛇皮袋,扭开瓶盖,有滋有味地喝起那不知是哪位行人喝剩下的半瓶水。他的举动是那样的自然,那半瓶水就好似从自家冰箱里取出的一样,尽管有不少路人向他投来或厌恶或不屑的目光。远处的我,也在为他不安,而他还不时啧啧嘴,甜蜜的微笑挂在嘴角。我震惊了!

后来,我把这事讲给一些朋友听,并问他们:"如果是你,会喝那半瓶水吗?"

他们的回答各式各样:

"那水可能有毒,不喝!"

"这太不讲卫生了!"

…………

我又问:"如果那是半瓶绝对干净的水,甚至是从没人喝过的,你会不会喝?"

我的朋友都说:"当着那么多人,从地上捡水喝,多没面子,打死也不喝!"

我又问:"要是没人呢?"

大多数的回答是:"真是太渴,是要喝的。"

其实无须问他们,因为我与他们的答案是相同的。

细细一想,我们与那位中年人的区别不是因为我们高贵,而

170

是我们没有他那份超然。他口干舌燥，瞧见了水，拿起来就喝。而我们尽管口渴难耐，也相信那水没毒，更想去喝，但我们首先想的是让别人看到了多掉价。

当然，我并不是说，捡街上别人喝剩的水旁若无人地自饮就是超然。

生活中，与这瓶水的故事相似的事太多太多了。不是吗？

叠幸运星的女孩

　　这一年的秋天,出奇的闷热。从京城开出的那辆列车,人更是无故地多,车厢里像蒸笼,更像个下满饺子的大锅。以往我都是坐卧铺的,这一次时运不佳,没买着票,只好将就着"享受"一回硬座。还没上车,我心里就在打怵,这十几个小时的行程如何才能熬过去。

　　上了车,我真是坐立不安。车厢里乱哄哄的,打不了瞌睡看不下书想不了心事,我敏感地捕捉着四周的一切,又极讨厌我捕捉到的一切。起先窗外还有灯火,现在已是漆黑如墨。无聊烦躁的我,被对面的女孩吸引了。

　　是的,那女孩深深地吸引着我。女孩岁数不大,也就是二十岁的样子,一袭黑发,在昏黄摇摆的灯光下文文静静,煞是惹人喜爱,让人有种站在家乡的小河边看垂柳的感觉。女孩脸盘长得挺耐看的,美而不媚,素而不俗,虽是坐着,她那苗条匀称的体形仍旧清晰可观。一个青春透熟、活力四射、漂亮动人的女孩。

不过,真正吸引我的是那专注甜蜜的神情。事实上,上了车坐定后,我就发觉她与众不同的神情,一种在如此聒噪境况下的超然神情,只是我太浮躁、太茫然,忽视了对面的美妙。女孩的手似一只只白鸽子在翻飞,一颗颗彩色的小星星从指间滑落。膝上有一个大的塑料袋,里面已有了许多七彩的星星。幸运星,一种叠进祝福吉祥关爱的好看而可爱的幸运星。我不知道,这是谁的创意,但我明白,没有真诚,没有无尽的祝愿,是叠不了这么多的幸运星的。

我在猜想,女孩是在为谁而叠,糅进的是怎样的一颗心。一定是个至亲至爱的人,一定是能让她一生一世虔诚相待的人……凭她的美丽,凭她的温柔,我自然是在想这女孩有了一个可使她终生相托的男友。我还能怎么想?我就这么佯装无所用心而极认真地看着女孩叠出一颗又一颗幸运星。

夜深了,旅人已失去了激情,随着车厢的晃动昏昏沉沉地钻进梦乡。我突然有了要与女孩说话的冲动,只因为我太寂寞,只因为她太执着。由陌生到畅快相谈的结果,是我看到了女孩清澈纯净的亲情。女孩是京城高校的大三学生,家在河南洛阳,那个以国色天香的牡丹闻名遐迩的城市。她是在为她的母亲叠幸运星。女孩轻轻地说着在她看来是普普通通的家常话,可我的感觉,这分明是一个动人的故事。女孩说,她自从进京求学以来,一周给父母写两封信打一次电话,从未间断,就这样,还觉得有说不完的话谈不完的心。这让我震惊,现在的社会,现在的大学校园里,居然还有如此看重亲情、如此与父母交流的大学生。大学生给家人写信的间隔越来越长,内容越来越短,早已成为一种趋势,至少也是不正常之中的正常现象。有关这方面的幽默版本更是举不胜举。女孩说,明天是她母亲五十岁的生日,她是特意请假回家为母亲庆祝生日的,因为近来课程紧,学习任务重,一直未有空儿叠幸运星。说到这儿,她脸上现出愧意。她又说,她是从昨天才开始叠的,一定要赶在下火车前,叠完九百九十九颗幸运星。

她在与我说话时,手始终没有因此而停过。我不想再打扰她了,便止住了话语的延续。我在她幸福的表情、温柔的手势中睡着了。

等我醒来时,天已大亮,让我没想到的是女孩仍在叠幸运星。一夜未眠。为了向母亲示爱,这个女孩叠了一夜的幸运星。女孩的手依然是那样的灵动,表情依然是那样的甜蜜。我知道,她在用特殊的方式回报母爱,用特殊的方式浸润亲情。我顿生了无端的自责和羞愧。待我从洗手间回来,女孩终于完成了她的心灵杰作,那疲惫的脸上露出灿烂的笑。

我说:"你把自己累着了,回到家你可以再叠嘛!"

她说:"我没觉着累啊,回到家我得让爸妈歇着,我来做家务。"

我说:"你做了一件平常人难以做到但着实又应该做的事。"

她说:"这有什么应该不应该,我是在祝福生我养我的母亲啊!"

"啊"字的拖音很是好听。

她下车了,手里拎着五颜六色的幸运星,背影是那样的青春动人,是那样的快乐温顺。下一站,我也要下车了。我们都会汇入不同的人流中,有着既相似又不同的生活。但我忘不了她,忘不了这个叠幸运星的女孩。

我知道,写下这一行行文字,写下这个叠幸运星的女孩,不是因为那样无从兑现的承诺。而今,女孩身在何处,我无法得知,也无须知晓。我明白,无论我们身在何处,亲情是不可以忘却或淡薄的。我们每个人都离不开亲情的营养,也应让我们的亲人尽情享受亲情的沐浴。

谢谢你,叠幸运星的女孩。

挤公交也快乐

上下班坐公交,虽说没开私家车那样自由清静,但时时处处还是很有意思的,点缀着生活的快意闲情。自己开车,其实是宅在移动的家里;坐公交,才是真正走进了社会,感受群体的五彩斑斓。

在站台候车,可以测试一下自己的运气,猜猜来的车会停在什么地方。猜对了,一步就能上车;猜错了,那得紧走几步,有时还得跑起来。使出吃奶的劲猛挤,或者仗着一身蛮劲前推后搡,总是不好的;过于谦让待在最后面,那只能眼睁睁瞧着人家上车,自己干等下一辆。我不这样,我喜欢混在人群中,让人流的力量推着我上车。

我上车后,刚开始多半是站在刷卡器附近。这下可有事做了,一张张卡接力到我手中,一声声"谢谢"或远或近传来。让我最温暖的是我身边的那位,他帮着把别人的卡传到我手中,还对我说谢谢。

车上是有些挤,常常是站着不用担心会因为车子拐弯或急刹而摔倒。我可以随着摇摆的人群悠然自得地用手机看新闻写微博,和那些同我一样在上班路上的朋友在 QQ 里聊聊,要是碰上还在被窝里的家伙,着实还会调侃一番,把羡慕嫉妒恨全洒出去。也可以竖起耳朵听人们说话的声音。一对情侣悄声细语,听不清说什么,恰如甜蜜的旋律荡漾着;两个大妈几天没遇着,感觉却如一两年没见面,家长里短,嗓门儿有些大,兴致十分的高,热乎劲儿那是一个了得;那位小老板模样的人在打电话,声音不大,但透着一股威严。那两位正在谈论最新的国内外大事,不错,能听到最新的时事资讯和奇闻趣事。许多人都在说话,我虽然大多数不怎么能听清楚,但能感觉出不同的情绪,体味出他们的生活状态。有时透过一道缝隙,可以看到座位上的乘客各式各样的表情。那位美女看着手机舞动着手指,脸上的笑容若隐若现,很是醉人;那老大爷在逗怀里的孩子,珍惜着每一分天伦之乐的时光;那位白领模样的小伙子戴着耳机,摇头晃脑,沉浸在音乐之中;那位胖子大哥,睡得很舒坦,我听不到但似乎已经感觉到他的呼噜声。

我得坐十多站,正可以看着人们上上下下。想要找个座位不是件容易的事,最好的办法是观察人们坐车的表情、坐相和动作,判断出谁可能会早些下车,那就站到他的座位旁耐心地等候。一般情况下,那些东张西望的,收拾着东西的,多半很快要下车;睡

177

着正香，或者看书很入神的，大多数还得有好多站才能到目的地。当然，走眼的情况常常会发生。猜对了，一站后就能有个座位。有的时候，我上车后刚要到下一站就能逮着座。有时明明车里站着的人不多，却因为我选错了对象，一路上都不能和座位沾边。坐着看窗外的风景，清晨的阳光明亮纯净，夜晚的灯光如梦似幻。这时候还可以观察那些还站着的乘客，他们的神态各不相同，写着各式各样的内容。我常常假装若无其事，其实心里在读他们的神态，猜想和分析那种神态之下是怎么样的心魂，他们的职业、生活状态，等等。无法知道对还是错，但很有意思。我有时什么也不想，在这喧闹和颠簸中进入梦乡，尤其是下班回来时，我甚至会定好闹钟，好好地打个瞌睡。时间长了，不再需要闹钟，无论从哪一站开始入梦，车子在我下车的前一站起步后，我一准儿醒来。

让座的事，也常会发生，有时不但让出风格，还能让出欢声笑语。一次我刚等到个座位，车子还没起步，一位妇女抱着个不到两岁的孩子来到我跟前。遇上这样的，我是一定要让座的。我起来，他们坐下。那孩子特别可爱，虎头虎脑的，应该是个男孩。平常在车上，我碰见这么可爱的孩子，生怕人家大人反感，是不好意思逗的。这一次不同，我知道，让座已经在我们间建立了一份好感。这一路上，小男孩被我逗得咯咯笑，手舞足蹈，中间那母亲还让我抱了抱孩子。我下车后，那孩子还在笑着和我摆手。

每天挤公交，我可以遇见不同的人，听到不同的故事，感受不同的经历。我知道,只要我们拥有一份宽容的心态和享受生活的心境,挤公交照样也能很快乐。

生命的行走

一

先说一个故事：

那是一年夏天，二小才五岁，在乡下还是个穿开裆裤的孩子，属于那种什么都想知道，但又什么都不知道的乡村狗娃。

乡村的生活很辛苦，他们那帮难兄难弟，没有城里孩子上幼儿园上学前班的机会和福分，知道的也没城里的孩子多。倒是应了"穷人的孩子早当家"这句老话，成天帮着家里干这干那，做个小帮手什么的。割猪草羊草，当然是他们的任务了。每天，村里的十好几个孩子，在约定的地点集合，然后集体行动，那阵势俨然是一支割草小分队。

细鸭，是他们当中最不爱说话的一个。岁数嘛，和二小差不多。看他虎头虎脑的样子,二小一直搞不清他怎么和"细"沾上边的。细鸭和二小一样的是,在家里都是大人的出气筒。那天下午,割草小分队割完草,个个背着比他们身子大得多的篮子,摇摇晃晃、叽叽歪歪地往回走。走到细鸭家附近时,大家一时兴起,非要上细鸭家去玩。他们所站的地方与细鸭家只隔着一条小河,岸边的芦苇长得密密匝匝的——原本河里有道拦水的小坎儿,由于前些日子下了一场雨,坎儿被淹下去十几公分。

细鸭背着篮子扒开芦苇,颤颤悠悠地沿着水下的小坎儿向对岸走去。细鸭是回去侦察的,只有大人不在家,他们才能去。芦苇合上了,小伙伴们在地里玩着泥等。好久过去了,细鸭没露面,他们以为他被大人扣住了,要么就是不想让他们去有意躲起来了。小孩子各回各的家。其实,细鸭滑入水中淹死了,直到第二天早上才被从河里捞上来。

二小就是我的乳名。自细鸭溺水之后,恐惧的怪物潜进了我幼小心灵。这种恐惧来自我真切地感受到生命的脆弱——尽管我才是五岁的毛孩蛋。问题就出在这儿,一个五岁孩子尚在不谙世事的年龄,竟有了这等想法,着实有些可怕。

童年的记忆,犹如身上的胎记,随着年龄的增长愈加明晰,那纹理似阳光下绿叶的脉络。细鸭之死所引发的生命脆弱之悟安卧在我心田某一角落,总在不经意中跳出来像小老鼠搅进我的思绪,咬噬我的意志。然而,等到我长大一些后,我才发现,生命的脆弱并不是最可怕的。

<h1 style="text-align:center">二</h1>

我说过，我是一个农村娃，是被潮湿的海风吹大的。

我天生羸弱，是同龄孩子欺负的对象。比我小一两岁的，高兴起来照样敢对我捋袖子动粗。每当我一把鼻涕一把眼泪泥猴般回到家，我奶奶就牵着我的小手迈着她的小脚向打骂我的孩子家进发。一路上，她见谁都诉说我的惨败，指责某某家孩子怎么怎么的蛮横。别人听不听，她不在乎。到了一家，我奶奶先是说理然后就是怒骂。看到大人因面子过不去狠狠地打小孩，我总是由哭转笑庆贺报了仇解了恨——我也知道这样的后果是又一次挨揍的开始。如此的画面，我记不住重复过多少次，但我奶奶对我的关爱因此而流入我的血管融入我的生命。我奶奶的做法，现在想起来，是有些欠妥，但在我的童年生活中却是至关重要的。

无数的眼泪，腌制我对于强壮的渴望。我急切地盼望长大，长成五大三粗的模样。萦绕在我脑海里的是等成了大力士后，我要挨个儿收拾那帮曾经骑在我头上的家伙。只是入学后，我又有了另外的理想——好好读书上大学。

我立志上大学，动机既单纯又直接，但不是以此跳出农门摇身一变做个城里人。我了解和我一样的农村娃多数都有这样的雄心,但我没有。这是真的。说到这里不能不说到我的家庭我的父亲。

我父亲该是个真男人。有关他的情况,尽管我心里有许多话要说,但在此之前从未落下半个字,更没有和他面对面交流过——我固执地认为这是他作为父亲最不称职之处,我们弟兄仨都没能在他那儿体味到交流的内涵与快乐。我父亲的事业心、工作能力、业绩以及在当今社会中依然坚守做正直的人做合格党员应坚守的一切,是我一直所崇拜和引以为自豪的。但对待子女,我父亲真男人的品性走至了另一个极端——极其严厉极其粗暴极其变化无常。在我的记忆中,他没有两天之内不对我们动怒的记录。人说家丑不外扬,可我父亲不管这一套,虽然他是一个相当传统的人。在家里,他随时都能自燃火气,许多时候其实并无让他动气的事。来了客人,他想发火就火气直冒,有时让客人很尴尬。有人说,我父亲的脾气与他的生理构造大有干系。我无从得知,也未曾就此请教于有关专家。

对我而言,家庭是个险象环生的雷区,充盈其中的畏惧压抑,真是无法用语言来表述。我曾随我们那儿称为舢板的小渔船出过海,四周白茫茫一片,大风大浪将船抛起摔下,我被颠得直吐黄水。我没有怕,反而觉得比待在家里面对父亲要好。

我要拯救自己,唯一能做的就是发奋念书走出家门走进大学校门。我们弟兄仨都有如此的念头。不过,我们的父亲很爱我们,我们也很爱我们的父亲。这的确矛盾。事实就是这么矛盾。

在家我是受气包,在学校居然能够人模人样。从小学到高中,我的成绩总是班里的前五名。许多同学,为了在做作业考试时能让我心甘情愿地"学雷锋",十分乐意和我结交。因此出现了这样一种说怪也不怪的现象,越是调皮捣蛋的同学和我的关系越好。别的年级的同学想拿我开涮,下场只有一个——自讨苦吃。老师夸我有管理的天赋,一个小小的班干部把一帮刺儿头调理得服服帖帖。

三

初中毕业那年暑假,我家前面的空地上堆起了一大堆压舱石。这种方方正正两端有耳的压舱石,是跑运输的船只空驶时所用。压舱石,能助舱扛风浪。然而,我没料到,压舱石竟然改变了我一生的航向,使我的生命行走换了一种姿势。倘若当年我能预知到,一定会保存两块留作纪念。不过,真是这样,我绝不会动它们。

压舱石,在重量上有十、二十、四十公斤三种规格。好像是某一天的下午——具体的时间我记不住了,我记住的是时间以外的东西,我好奇地去搬十公斤的压舱石。让我沮丧的是,我的瘦弱打碎了我将压舱石举过头顶的企图,只勉强提到了胸脯就无奈地认输了。要知道，那时我已经十五岁了。

这个暑假——我一直认为在我的一生中这个暑假太不平凡了，还发生了一件事。我已上大学的哥哥，在某一天的早上拖起还在熟睡的我陪他晨跑。很不幸，至多跑了五百米，我就呼吸如牛喘，连连求哥哥放我一马。

这两件事，让我想起了久违的童年，想到了我的苦难我的梦想。童年梦想的复燃和少年特有的倔强，似鞭子抽打我和压舱石较劲，与跑步结缘。

一个暑假下来，我摆弄四十公斤的压舱石跟玩似的，跑上两公里也已不在话下。在我的臂腿有小老鼠似的肌肉抖动的同时，我对体育已欲罢不能。

这是我父亲极不愿意看到的，他一心想让我考上名牌大学。按他的想法，弟兄仨中，我的出息最大。一向不沾赌的他，却要在我身上赌把大的。开学的头一天，我父亲以他惯有的冷峻的表情对我说，别瞎跑了，那不会有什么出息，还是好好念你的书。这话就是封杀令。

迄今为止，在我的事业上，我与我父亲有过四次水火不相容的对抗——这是第一次。我父亲说我天生叛逆，专与他作对。我不承认，而且也不是所谓的代沟惹的祸，只是因为我坚持走想走的路。仅此而已。说是主见之中有点固执，倒能过得去，也符合我母亲有关我的脾气和我父亲一模一样的论调。

185

不到万不得已，我一向不与我父亲发生正面冲突，而是采取隐秘地向我的目标挺进的策略。每天清晨四点，我悄然下床穿过堂屋打开后门出去。无论举止还是心态，我和当年白色恐怖中的地下党没什么区别。一年四季，早上四点时外头多半乌漆麻黑，唯一能让我跑步的那条通向海边的公路，两旁是茂密的树林，其中散落了许多大大小小的坟墓，不时有野狗狂吠，乌鸦惨叫。这让我很怕。跑着跑着，我浑身大汗淋漓，心头却是凉森森的。就这样，还得提防和骑自行车的赶海人相撞。

开门不出一点响声，我有经验，但弹簧锁常常害我，一不小心就被关死了——现在想起来，那时我也真够笨的，居然没想到配把钥匙，不过想到了我也没钱。不管春夏秋冬，我从家出去时，都只穿薄薄的运动装，回头时脱得只剩下短裤。因而，在冬天时，门一旦被我锁上了，我只能祈祷天早点亮，我父亲早点起床早点上班——他有比别人早到单位一小时的习惯。我得在我看到门而我父亲看不到我的地方，苦苦地寻找机会偷偷溜进家。许多次，天冷得要死，出过大汗的我就这样守候着。我不知道，现在我特别怕冷，是不是因此而落下的。

下午一个半小时的训练，我总是以老师辅导或加课来做盾牌的。蒙在鼓里的我父亲，对我把学习抓得这么紧还比较满意。我是抓得紧，为了把失去的时间补回来，每晚我做功课都到十二点。

天天熬夜，体育训练又大量消耗体能，补充营养很重要也很需要,别人的父母硬塞,而我连想都不敢想。我唯一的企盼,是有一双运动鞋。没人能了解在高二的第二学期,我有了一双白色运动鞋时的心情。那天晚上,我搂着它睡了一整夜。

四

三年的风风雨雨,三年的鬼鬼祟祟,三年的提心吊胆,终于到了揭盖的时候。

要到县城参加体育考试,得先过我父亲这一关。我的班主任、体育老师登门为我助阵,向我父亲亮出了底牌。自始至终,我父亲一直铁青着脸不停地重复抽烟掸烟灰的动作。他没有同意,也没有像往日那样怒从心头起。在我看来,这已是最大的恩典了。那天晚上,兴奋得睡不着的我,听到了父亲浓浓的叹息声。如今想来,那天晚上,我父亲一定很颓丧。

我考试走的那天早上,我父亲第一次晚起了——后来我才知道,这是我父亲有意而为之的。我母亲把我送到车站,并塞给我两块钱说:"这钱是你爸让给的,不过他不让和你说。"

1986年4月25日,阳光灿烂,我的心空却是雷雨大作。

体育考试的第一项是一百米,六条跑道六个人。刚跑出去不到三十米,我右跑道的那位脚一扭趔趄间一脚扒在我的小腿肚上,又长又利的跑钉硬生生地抓下了一块血淋淋的肉,也抓烂了

187

我所有的希望。

从小，我就是个爱流泪的男孩，但那一刻以及后来相当长的一段日子里，我的眼眶没有湿过。我想大哭一场，但我哭不出来。

我提前回来了，但我没回家。我买了两包烟，来到离我家十多里的海边。海浪像一位老人在散步，悠悠然中把岸边的黄土一点一点地化为黄色的泥水。我盘腿坐着吞吸苦辣的香烟看海。天黑了，我就看如墨的黑夜。我的身后是一大片一人多高的茅草，它们在风中哀鸣。我几次想点火烧起这片茅草，我知道那气势一定很为壮观，但最终我没能燃起火柴。

天亮了，我用最后一根烟在我的手臂上烙下了一块今生永在的疤痕。

我父亲的怒火决堤了，训斥狠骂挖苦，几乎用上了他所有的恶毒的语言。幸好，我已坠入麻木，失去了自尊和敏感。我麻木了。一切的一切都麻木了。我的灵魂不知飘向了何方，只有躯体在机械地行走。这突如其来的厄运，把我扔进了痛苦的深渊，整天把自己锁在屋里，苦闷失望交给了孤独。

老师同学们都认为我不该消沉，在他们看来，我不考体育学院，凭文化成绩上大学十拿九稳。可失败的强劲冲击波已把我推进了死胡同，我不停地痴痴地问自己，怎么会这样呢？怎么会这样呢？一个爱笑的男孩消失了，取而代之的是个面向天空发呆的傻小子。要不是老师的反复劝说，我连毕业考试都要放弃。我根本不知道我在干什么要干什么将来想干什么。我的世界，是一片废墟。

这段历史，这段荒芜的心情，这段暗无天日的时光，收藏在一本厚厚的同学毕业留言录上。今天，当我翻开时，我已无法想象那就是我。

漫漫长夜般的暑假过后，在我父亲的威逼下我复读高三，但我的斗志丧失殆尽。征兵的时间到了，我偷偷地报了名。说句心里话，我参军的动机只是为了走出禁锢我心灵的家庭，走出失败的阴影，别无其他。

招兵的最后一道程序是政审，直到这时学校和我父亲才获悉了我的小九九。校长、班主任、体育老师轮番往我家跑。这回他们没有和我站在同一阵营，而是站到了我对立面。他们试图说服我打消当兵的想头，说服我父亲阻止我当兵。他们甚至拍胸脯打包票，只要我保持上学年的成绩，考体院考其他大学如有闪失，后果由他们负责。我心已决，没人能让我改变。他们也没能说服我父亲，不是他们不行，而是我父亲的品性说服不了他自己。我家在一个国有农场，我父亲以工代干，在场里也是个不小的干部。理智告诉他，我体检政审双合格，如果他不让我走，会造成很坏的影响。

我记得在我们学校三楼的阳台上，和我一同复读的一位同学问我，为什么要去当兵？我说："都不去当兵，那这兵谁来当?"我还记得,在我离家的头天下午,校长、老师带着高三两个班的一百多名学生到我家为我送行。这让我很亢奋,亢奋之时说出的话就有些大了。我说:"当兵一样有前途,我到部队后不会比你们差,军校已在向我招手。"

五

到了部队,我早把这豪言壮语忘得一干二净,只是拼命地训练干活,以此来驱除心中的腐烂的黑斑。从新兵连下到中队没三个月,我被选送到报社学习新闻写作。那天我经过驻地的师范大学时,目光走进了校门缠绕在一群大学生身上。一刹那,我的大学梦复活了。这时,我的大学梦已剔除了逃离家庭的初衷,进校园多读书的种子埋入了我的心。这以后,我常去校门前站一站看一看,如果有时间,我就趴在围墙的镂空处瞧上一两个钟头。想想看,一位年轻的穿橄榄绿的武警战士与灰色的围墙形成的是什么样的一道风景。当兵两年多,我的新闻报道搞得有声有色,还迷上了摄影,也因此立了功。但这些都没有我拿到入学通知书时高兴。

军校对我来说是一场革命,一场由穿草鞋到穿皮鞋的革命。尽管如此,我心中梦想的火焰依然在旺烧。当然,煎熬发酵成一笔巨大财富,垫高了我守望的基石,为我的生命行走注入生生不息的原动力。

六

毕业后，我被分到刚成立的一担任防暴任务的机动大队当排长。我没有丢下新闻和摄影，而我父亲却要我一心走从政之路。我还是用口是心非那一招来抵挡。

当了两年排长，有了点军事干部的样儿，上面派我去接受参谋业务训练。显然，回来后我就是参谋了。事实上，显然最终没能"显然"。当我喜滋滋地捧回优秀学员证书回到部队，由于政治处主任的强烈要求，一纸命令把我安在了新闻干事的岗位上。

因写稿多，年年立功，前前后后有了八枚军功章；摄影也不赖，已被人称为"家"了；几年下来，坐上了宣传股长的位置。领导战友都看好我的将来，好事之人还替我设计了一份美好的蓝图。

可我的心愿并没有被喧嚣淹没，我在默默地掖着梦执着地行走。没事的时候，我就在我那一亩三分地的梦想中流连忘返。想想这些年来，横在我面前的总是两条相互交叉相互绞缠的路。从儿时上大学的向往开始——痴迷体育——从文科改理科——投笔从戎——弃武弄文——一头扎进火热的练兵场——再拾起已冷落了多年的笔……我的路有着太多太多的岔道，我只按自己的方向感去判断。我不知道错没错，但我从未后悔。

终于，我走进了解放军艺术学院文学系，走进了我梦中的天堂。时间是长了些，岁数是大了些，但我毕竟走到了。我的梦走过了长长的路后，走到了一个站台。走过的路，有血有泪有伤悲忧郁，但也有数不清看不够令我充实刺激的风景。这样一来，我的生命体验着实多姿多彩。

生命在路上行走。是路，就有坑坑洼洼坎坎坷坷，就有直线和弯道。

在路上，我们唯有行走。再难的路，总会走过来；再难的路，都有好风光。

相机情缘

　　世上有许多事情，说起来难以置信，可事实却又让人不得不信。就说我吧，在我身后的十年军旅生涯中，是一架普普通通的相机改变了我的命运。直至今日，它还一直在我的精神世界里扮演着重要的角色。我常说，我是靠这架相机支撑着的，你信吗？

　　到部队，连一个半月的新兵连生活加在一块没三个月，我就被中队任命为代理文书。那时候，我所在的中队新闻报道成绩每年都是支队的"副班长"。一个老兵在市报上发了篇不足百字的稿子，就被中队上下恭称为"小秀才"。业余时间，我暗暗地想铆一股劲，要为中队打翻身仗。半年下来我被采用了四十多篇稿，光省级以上就有十多篇，这下子中队乃至支队都震动了。可我并不满足。中队人少单位小新闻素材有限，怎么才能多上稿呢？我想到了新闻摄影。中队有架闲置的放大机躺在楼梯间里，已有好几年没人动了，只是最关键的一样东西没有——照相机啊！我写

193

信向家求援,父亲来信说,领导让你当文书,你得好好干好本职工作,至于新闻报道还是放一放吧。不用说,父亲那儿也没戏。没办法,我只好向哥哥发出求救信号。

在省城的哥哥长我六岁,参加工作没几年,积蓄自然没多少,而且又到了谈婚论嫁的关键时刻。信发出后,我就开始后悔不该在这个时候给哥哥添乱。

我还没自责完,哥哥的信和钱就到了。哥哥在信中说,想学东西是好事,做哥哥的全力支持。不过,既然要学,就要学出名堂来,先寄五百元,不够再来信。有了五百元,我就拥有了一架华夏牌照相机和一个银燕闪光灯。另外,又买回了一些胶卷、显影粉、相影粉、相纸之类的暗房必备用品。这一天,始终刻记在我的心里,1988年2月19日,这个极其平常的日子,却让我今生无法忘记。

华夏牌照相机,谈不上什么档次,单镜头旁轴取景,一切都是手动的。镜头的分辨率也只能说是一般,样式、手感都谈不上什么好。在照相机家族,它是地地道道的丑小鸭。但我却如获至宝。那份欣喜若狂的心情,至今还能常常在我的心灵深处泛起,让我有一种无法抑制的冲动。

有了相机,我开始颤颤悠悠而又满怀豪情地搞起新闻摄影。说不清是什么缘故,在这之前对光与影很陌生的我,摆弄相机没一个月,照片就上了市报。这以后,新华社、人民日报等一些大报刊也有了我的图片,仅仅一年时间,被采用新闻图片一百余幅。

上警校,当排长,任新闻干事,渐渐地手头宽裕了,单位也配发了相机,档次自然比华夏不知好上多少倍,但我一直无法淡忘这只"丑小鸭"。跑东颠西,辗转南北,十年来挪了好几个地方,许多东西都在频繁的搬运之中遗失了,包括一些珍贵的书籍,唯有这相机一直伴随着我。

近年来,我先是搞摄影,后又迷上了文学创作,胡乱涂写一些别人称之为散文、小说而我总看成是心灵流浪划下的痕迹的东西,也步入了著书立说的行列。手握相机,取景对焦,钻暗房冲洗放大之类的活儿,已成为回忆。不用说,这相机再没有挂在我的脖子上。我已拿惯笔的手,也已好久没有按动快门品味那在我看来是美妙无穷的"咔嚓"声。流逝的时光,冲净许多往事旧情,却怎么也抹不去我对这相机的恋情。

常常是在一个深夜,孤坐在案前,思绪凌乱不堪,浓茶烈烟已无往昔的功效,一切似乎都在百废待兴之中。木呆之后,我就会想起这架相机。

面目显然很苍老,岁月已剥蚀尽它的青春。颠簸碰撞留下的伤痕灼伤着我的眼,刺痛了我原本已僵硬的心灵。凝视着,抚摸着,回味着,一股浓情顿然灌进我的血管,冲开我那早已堵塞的思维通道。

在时钟的嘀嗒声中,我似乎找到了什么。

为他人让道就是给自己出路

　　父亲从二十多岁就开始开车,先前是驾驶大卡车跑长途,天南海北,真是没少跑。二十年下来,父亲跑遍了大半个中国。后来,父亲又开过各式各样的车。这么说吧,我十八岁前在家乡公路上见到的车,我父亲都开过。他这位老驾驶员,驾龄四十多年,行程达百万公里,愣是大小事故都没出过。

　　可以说,这么多年下来,父亲见识过各种各样的路况,遭遇到过形形色色的突发情况。小时候,我最喜欢听父亲讲在那路途中的故事,有些新奇,有些好玩。父亲的这些故事,为我打开了感知世界的窗口。对于一个乡村孩子来说,这可是莫大的幸福。直到我成年后,我才听父亲说起那些恐怖吓人的驾驶经历。有十多年,父亲每年都要去福建好几趟。父亲说,最想去的是福建,因为那里的风景好,那里的风土人情好;但又最怕去福建,因为那里的山路简直就是人间地狱。父亲说,走山路的那个惊险,没法说得清楚,反正动不动就见车滚下山去,或是散落一片,或是火光浓烟冲天。见此情形,心不打怵腿不发抖是假的。父亲说,征服高山峻岭间那一条条山路,胆量、技术自然不可少,但更重要的是要有给别人让道的心境。在那山路上,稍微一逞强,就可能害人害己。父亲说,他每回走在山路上,心里都在时刻提醒自己,对面有车要过来,得给他人留好道。尤其是那些陡坡急弯窄路之处,父亲更是尽可能少占路面,紧贴着自己道路的最右侧,哪怕边上是悬崖,他也绝不抢人家的道。

从我学车到买车这段时间里,父亲时常会向我传授他这位老驾驶员的经验。他说得最多的是,走在路上,不要只顾自己通得过走得顺,要学会给别人让道,大家都在路上,你只有让人家有路可走,你才能安全通过。你要是不给别人留道,危险就悄悄地跟在你身后了。

说实话,起初我听不进父亲这号称一辈子总结出的驾驶秘诀。现在都什么年代了,父亲老土了。现代崇尚的是"走自己的路,让别人去说吧",要不就是"走别人的路,让别人无路可走"。我离开驾校开车独自上路后,才慢慢体会到父亲这一秘诀的神奇之处。处处不但不占人家的道不抢人家的道,还时时有意让出自己的道,让那些喜欢超车、开车有些野的人顺畅而过。遇到特别窄的路段,先观察一下对面的车能不能过得去。看似让,其实是给了自己更多的空间。

当下是个竞争的时代，人人都在理想之路上竭力奔走。尤其是遇到独木桥或羊肠小道时，人们只顾奋勇向前，很少有让路之举。是啊，抢一分先机，夺一条好路，看似能更快地接近成功，有些时候也是成功的重要因素。但更多的时候，我们在路上争抢时会被挤出道，甚至会掉进沟里坠入峡谷中。到头来，因为我们不会给别人让道，而让自己成为自己的绊脚石。

和一位朋友关于烦恼的闲聊

心情不好,要学会调节自己,心情是自己的,有时别人真的无从分担。心情不好时,想些开心的事,想想,没有什么事过不去的。学会暂时忘记一些东西,让自己开心起来。有个好身体,有个好心情,才会有生活的一切。再有,心情不好时,早些睡觉,有时,睡一觉醒来,会好些的。不过,生活中让人心情不好的事太多,人也常在心情不好中挣扎,没有这样的烦恼,就会有那样的不开心,这就是生活。当然,也正因为有了不开心的事和时刻,才会感觉快乐,才会体味到幸福的分量。其实,说白了,每个人一生都在挣扎。

这就是人生。

不要叹气,要乐观,因为烦恼总在。所以,我们能做的,就是以开心之心暂时忘记烦恼。烦恼是没有尽头的,人生就是在围着圆圆的跑道跑,看似到了终点,其实是另一个起点。想着丢开一个,过去了一个,以为就好了,其实还有别的烦恼在等着。我们常会想,我要没有这样的烦恼就好了。其实这样的烦恼没有了,别的人和事还是会让我们烦恼的。我们常常想,我要是像谁那样就好了。其实所有的人都有烦恼,所有人都觉得自己的烦恼是最麻烦的。人总是对别人会说,到了自己身上,就难以解脱。

想办法让自己好起来吧,一个人只有自己才能真正让自己开心起来,只有自己的方法才是最适合自己的。

人生总有许多无法解决的事,面对这样的事,只有顺其自然,因为该来的总会来的。我的办法是或者想想开心的事,或者想想还有别人比我更不开心。

比如我工作生活中不顺心了,我还会想,我是一个农村孩子,能到今天这个地步,已经很不错了。当然,这并没有影响我的进取心。再则,我提醒自己,人人都有自己的长处,我也是,人人都有自己的弱点,我也是。所以,我在努力调节自己。当我顺时,我会想到比我好的人。当我不顺时,我会想想比我差的人。其实这里面有一个很重要的问题,那就是要正确地评价自己,知道自己的能力。有自知之明,学会正确的相比。人总不可能什么都比别人强的。

这样还是有些作用的。

所以正确地了解自己,学会以自己的方式感受生活,就变得尤为重要。

再说，生活的快乐，有时与成就、金钱和地位并没有直接联系。在具备了基本的生存条件后，钱对幸福没有任何意义。比如，我现在想，我要是有一千万，那么我什么也不愁了。可是当我有那么多钱后，我买一辆宝马，就会觉得很差劲，可能需要一辆高级房车才能找到我现在的感觉。

比如现在我出去吃饭，花上两百块钱，感觉就挺好，可有了一千万，可能一顿三千也找不到现在的感觉。也就是说有多少钱，生活的标准就会随之变化，需要得到幸福感觉的代价也会更大。

如果钱能解决问题，富豪比尔·盖茨就不需要工作了，就没有烦恼了。其实，他对生活的满足感和快乐，或许不如一个农民。有时我们看到路边上有两三个民工就着一两个小菜在喝啤酒，他们很满足、很快乐，而我们用同样多的钱却得不到他们那样的快乐，我们可能要花上几百块钱才能达到他们一样的快乐。比如你现在的生活条件，你远不知足，可也有好多人会想，要是有你这样的条件，他就没有什么烦恼了。

红叶是秋天的一抹羞色

秋风飒飒，红波荡漾。秋天到了，看红叶去。

雨后的清晨，阳光清透，风儿轻轻，红叶娇嫩润泽，活泛风韵，让原本萧瑟的秋天，横生了一丝鲜活灵动。红叶，走过冬的宁静、春的喧闹、夏的炽热、初秋的凉意，曾经的浓绿滴翠被秋风吹红了，被秋霜染红了。纤细清晰的脉络，如同血管一样晶莹，安静地舒展着生命的力量。那叶上的水珠，好似一颗颗红宝石立于柔润鲜红的绸缎之上，闪烁着醉人的光芒。走在它们身边，你会不由自主地屏住呼吸，慢步轻轻而行，生怕惊醒它们的美梦，打扰它们的醉意。看着那一片片、一簇簇的红色，不由你不想起宋代杨万里的《秋山》："乌桕平生老染工，错将铁皂作猩红。小枫一夜偷天酒，却情孤松掩醉容。"一个"醉"字，道出了红叶的浪漫风情。

在我的老家江苏东台三仓乡朱湾村，是没有红叶的，我上初中时拥有了一枚红叶，一枚七角枫叶。那是在外上大学的哥哥送给我的,外面还有一层塑封。哥哥告诉我,这是秋天的颜色。那时候,我总认为秋天要么是金黄色的,比如那成熟的庄稼;要么就是惨白色,比如那秋风雄劲的天空。我怎么也想不明白,秋天怎么是红色的呢?红红的枫叶,使我对外面的世界更加好奇,让我渴望走出去的心情更加火热。我把那片枫叶夹在我最喜爱的一本书里,我知道我收藏了外面世界的秋天,也种下了一份向往与梦想。多年之后,我才知道,我也珍藏了秋天的一份表情。而当一枚心形的红叶卧在我手心时,我仿佛感觉到了秋天的心跳。

我第一次观赏红叶,是在北京的香山。去的时候,已经是晚霞映天。快到香山时,远远望去,整座山都像在激情燃烧,大地上的一片火红连着天边的火红,我分不清哪是红叶哪是晚霞。走入山中,真是移步换景,山脚下的红叶是鲜红的,山腰处的红叶是绛红的,山峰处的红叶是紫红的,一路走来,好似看到饮酒的少女,一杯杯美酒入怀,渐渐深醉。人们走在红色丛林间,个个红光满面,老人们活力四射,年轻的情侣情意绵绵,孩子们个个兴奋而好奇。

在山顶上,寻一块石头坐下,有和风悄然而过,漫山的红叶如红绸贴着水面微微荡漾,泛开层层波纹。天上的晚霞,倒像片片红叶在翩翩起舞。这是红色的世界,这是火红的世界,但我却是那样的空灵安详,周身被浓浓的诗意浸染。我不会写诗,但我感悟到了唐代杜牧当年的那份诗情诗境:"远上寒山石径斜,白云生处有人家。停车坐爱枫林晚，霜叶红于二月花。"远处或站或坐着不少人，就像片片红叶随意地散落着。窃窃私语的恋人，女的仰头看着红叶，男的目光落在女人的脸上，在他的心目中，这俏丽红润的脸，该是天下最美最醉人的红叶吧。一个小伙子倚树坐着，嘴角衔着一枚红叶，捧书而读。他在读书中的文字，也在读红叶书写出的秋天的诗行。一对老人坐在那儿，双手相扣，紧紧依偎，默默地望着红叶。是的，他们无须言语，一切尽在不言中。一个五六岁的男孩，看模样是个调皮的孩子。可这会儿他从地上捡起一枚红叶捏在指间，夕阳下那手指通透鲜亮，清澈的血色是那样的纯净，那枚红叶像一只红艳艳的蝴蝶展翅欲飞。他时而端详手中的红叶，时而歪着脑袋张望树上的红叶，那神情十分的专注而充满好奇。

香山的红叶很有名，香山也因红叶而更加出名。不过，大千世界，红叶胜地真是举不胜举。红叶也不仅是枫叶，还有黄栌、槭、乌桕等，甚至柿子树叶也有红的。这些年，我在许多地方，都与红叶相遇，山坡沟峡，路边林间，领略了红叶的种种壮观与娇美、浓烈与迷醉。其实，我们在秋天里行走，只要稍加留意，总是可以看到红叶的，或多或少，或密或疏，或浓或淡。我最喜欢走到一高处或拐弯处，或一片，或一簇，或一溜，或几片红叶突然跳进我的眼帘，像孩童一样顽皮，又如少女一般羞涩。

是的，我总感觉秋天的红叶有些害羞，而秋天也因为有了红叶,不再是那样冷漠、微醉的神情,多了一丝温情妩媚。这么一来,红叶也成了秋天的一抹羞色。

昔日烽火连天，今朝怀古问道

　　王昌龄的《塞下曲》，与其众多的边塞诗一样，冷峻而写真式地描述西部的荒凉孤寂和战争的残酷。当年的他，走大漠、过雄关、入孤城、观烽火、闻羌笛，苍茫之风吹进胸，激愤昂然之情立于心头。诗中的"临洮"正是现在的临潭大地，诗中所描述的"饮马渡秋水，水寒风似刀"依然在，其他的则以另一种方式走过岁月，在这高原之上站成一道风景。

　　"昔日长城战"，说的是唐军与吐谷浑在古洮州（今临潭）的战斗。吐谷浑（313 — 663），亦称吐浑，中国古代西北民族及其所建国名，本为辽东鲜卑慕容部的一支，藏族人民称之为阿柴，是西晋至唐朝时期位于祁连山脉和黄河上游谷地的一个古代国家。早在西晋怀帝永嘉末年，吐谷浑就占据了洮阳（今临潭），并修建了牛头城。此城因从高处看，城郭为倒梯形，前低后高，上宽下窄，形如牛头，故称为牛头城。当年的"长城战"所在的长城堡就离牛头城不远。现如今,坐落在龙首山的牛头城,已经属于遗址性的文物。虽有残缺但仍然壮观的土城墙,以及高高的烽燧,可以让我们在当下与历史间自由穿越。

作为兵塞要地、茶马古道驿站的临潭,从吐谷浑时代开始,饱受战乱。正因为如此,现在,边墙、烽燧和古城堡成为临潭历史风貌旅游的三大标志。这些边墙、烽燧和古城堡的城墙,都是用土夯成的,没有石头或其他材质的底座,仿佛是从土里长出来的,又像是站立起来的大地。

走在群山之中,时不时就可见土墙沿山而行,古老的容颜,有一种厚重之美。烽火墩在临潭的新旧两城周边以辐射状构建,遥相呼应,但已无法辨别建筑的具体时代。九七版《临潭县志》记载的数量为一百零一座,民间有"十里塘汛五里墩"的说法。据《洮州厅志》记载:洮州副总兵营所辖烽墩分南路二十四座,东路十三座,北路二十座,共五十七座;旧洮守备所辖烽墩东南路二十九座,西北路十五座。现在,许多烽燧已潜回岁月深处,但仍有许多顽强地坚守。完整保留的烽墩有八龙川顶的八龙墩、达子沟脑的石沟墩、包家寺背后的包家大墩、钦子沟西侧的钦子墩、卓逊堡西边的卓逊墩等。山顶上的这些烽燧,高大、粗壮,犹如西部的汉子一样,有一种雄浑之力。

如今的临潭,梯田环山绕,大面积种植油菜花等,形成独具个性的景观农业。夏秋时节,层次丰富、线条优雅、图案大美的富有立体感的山坡山谷和平缓之地,极为壮美。在这其中的边墙、烽燧,时而忽隐忽现,时而赫然矗立,雄健与柔美、沧桑与温和、历史与当下,就这样让人叹为观止,备感愉悦。

战斗有攻有守,自然少不了城堡。据史料记载,洮州境内历代所建寨堡有一百三十多处,政治军事要堡有三十七处。目前吐谷浑时代遗留的,除了前面提及的牛头城,还有红崖村的鸣鹤城。当然,鸣鹤城也只是残存的遗址。其他的城堡,多为明代修建。保存较完整、历史脉络清晰的,当数红堡子。六百年的屯堡,六百年的故事,六百年的沧桑。红堡子屯堡的建筑虽在清朝末年的兵燹和"文革"时遭到不同程度的损毁,但形态犹存,遗风犹在,这里蕴藏着丰富的历史信息和文化景观。这里的主人还完好保存了明代皇帝给他祖先的三道圣旨。

在临潭,最有名的当数洮州卫城,这是中国目前保存最完整的为数不多的卫城。洮州卫城是明朝洪武年间在原洪和城的基础上兴建的,据说,后山的土城墙和烽燧就是原洪和城的。洪和城始建于北魏太和五年(公元487年),是吐谷浑时代的三大城堡之一,其他两座分别是牛头城和洮阳城。

洮州卫城依山而建,平面呈不规则形状,南面平川地带的南墙较直,北部城墙依山形走势曲折而建,东北高西南低。城周长4399米,墙高9.9米,基宽7.92米,顶宽6.6米,黄土夯筑。城外护城壕深5米,宽4米。城墙上有雉堞2035个。城四面各有城门一座，东门曰"武定门"，南门曰"迎薰门"，西门曰"怀远门"，北门曰"永和门"，城门砖券，城西北墙又开水西门一座，门外有水池，城西北部沿山体又筑一道墙，长540米，为外城，外城墙体上有烽墩三座，南墙外筑马面6座，东南、西南角筑角墩，城外周围山峰上有多处烽火台，与城互相呼应，共同构成完整的防御体系。明代洮州卫城集城墙、烽火台、古建筑于一体，是古代劳动人民艺术智慧的结晶，具有较高的历史文化价值。2003年11月甘肃省人民政府正式命名明代洮州卫城为省级重点文物保护单位，目前正积极申报洮州卫城为国家级重点文物保护单位。

在当地许多老人心里，洮州卫城就是缩小版的明皇城。城中许多居民的祖先自江淮而来，数百年，这里的江淮遗风依旧浓郁。许多百姓平常生活中就身着明代江淮风格的服饰，城内处处可见明代遗迹。徽派风格的建筑，成为古城的重要气质。

为安慰大批被强制迁徙西北高原洮州地域的江南移民，凝聚其人心归一，明朝统治者遂将常遇春、沐英、胡大海、徐达、李文忠十八位王侯将领，按照四处方位及居住特点，按照一十八处庙宇的管辖权，把这些凡人英雄分封为一十八路龙神。于是，就有了洮州临潭新城内，以城隍庙为中心，民间祭祀十八位龙神的大型活动——农历五月初五端阳节迎神赛会。

如今这项原生态的民间活动，成为旅游中不可多得的景观。

场面宏大,气氛自然而热烈,粗犷的西部和柔软的江南,是生活的、也是旅游的新看点。

在万峰湖钓鱼

万峰湖很远,远在贵州西南。万峰湖很近,因为我来到她身边。

万峰湖在万座峰林的深处,开阔的湖面,碧绿的湖水,湛蓝的天空,低翔的白云。

这里尚未完全开发,保存着大自然所特有的安详。耳边的鸟鸣,更显寂静柔和。

万峰湖美的不是景色,而是山水的怡情醉意。

湖边散落着一些用来钓鱼的小屋,白色的墙,蓝色的顶,像温顺的孩子依偎着湖水。三三两两的钓客悠然自得。听说,湖里大鱼很多,只是想要钓上大鱼,少则一两天,多则四五天。随行的一位朋友也是钓鱼爱好者,饶有趣味地和我说起在万峰湖钓鱼的种种人和事。我在听,但没往心里去。我的耳朵在倾听湖光山色的丝丝细语,钓客们的身影如佛样坐在我的心田。独钓寒江雪的凄

211

凉不在,静钓万峰湖的醉意荡漾。

有的钓客只用大钩钓大鱼,静静地等着,不玩手机不听音乐,去掉那些抽烟喝水的动作,就是在打坐。他们所有的动作都是轻轻的,不像是怕惊吓鱼儿,倒像是不愿打扰自己的心魂。

有的钓客只用小钩钓小鱼,一次次提钩,再小的鱼也能荡开他的笑容。鱼儿多大不重要,提竿有鱼就行。钩上的鱼已经不是鱼,而是快意。

有的钓客有大钩有小钩,在等候大鱼的同时,钓些小鱼,就像大餐前先吃些小点心一样。

我不太爱钓鱼,但我喜欢钓者静坐的身影。钓上一条鱼,姿势舒展优美,表情惊喜中有丝丝的醉意。没鱼上钩的时候,他们把目光撒向水面,又聚焦在浮标。他们在想象,在期待,在守候,但又那样的宁静平和。世界的一切如一条潜游的鱼一样消失了,心中只有那浮标和那想象的鱼。其实,浮标和鱼又不在心里,内心是空灵清澈的。心中装下了天地,心空又纯净得无一丝云彩。这真有了玄妙之道的意味。

在万峰湖钓鱼,租个鱼棚,花钱很少,钓的鱼都是自己的。鱼棚出租者可以帮你做鱼,你想怎么吃,他就怎么做。本地鱼,本地水;野生鱼,天然水。味儿自然新鲜独特。

钓客们对钓上的鱼,除了现吃,多半是带回家送亲朋好友。鱼,不再是鱼,而是他们的念想。

我想迷上钓鱼的人多半钓的不是鱼,钓的是内心深处的某种涟漪。

同行的一位朋友,从来没钓过鱼,说钓鱼这活儿太熬心,等鱼上钩能等得心里长毛。大家劝他试一试。好钓者帮他打理好一切,他接过钩已入水的鱼竿坐下来。这期间换了几次鱼饵。两个小时过后,他自己都奇怪,居然几乎一动不动地坐了两个小时,心无杂念,心如同在湖面上悠然漫步,真是到了什么都没想的境界。

常来此的资深钓客说,这就是在万峰湖钓鱼的神奇和魅力。他还说,现在真正喜欢钓鱼的人,偏爱来万峰湖这样的美景仙境。地儿最重要,能不能钓上鱼另说。钓鱼的最高境界不是能钓多大的鱼多少条鱼,而是钓得神闲气爽。

现在人工养鱼塘越来越多,想钓上鱼已经变得很简单,但越来越多的人从四面八方来到万峰湖钓鱼。他们说,这才是真正的野钓。显然,他们看重的是这里的纯天然原生态,向往的是钓鱼的氛围和美妙过程。

资深的钓客,可以神采飞扬地跟你讲许多有趣的神奇的钓鱼故事,却言说不清钓鱼时的感觉。他们说,这感觉真道不明,哪怕是说出个道道儿来,也不如你自己钓一把来得利落。还有更玄的,说什么钓鱼啊,是鱼在钓人。

远离喧嚣,回归自然,让心灵如同湖水一样安详明净。坐在那里,融入大自然中,自己似乎就是山上的一棵树,湖中的一条

213

鱼,天上的一只鹰。呼吸自由舒展,那个叫心境的家伙一下子随风而翔,与云而动,又如湖水一样空灵。缓缓流动的湖水,澄明思绪,抚慰躁动。眼前是湖水,是远山,是一片碧绿,心中是淡然的饱满,鲜活的充实。没有鱼时,大自然的韵律成为一种心跳。提竿的那个瞬间,快意的音符洒落湖面,拥抱天籁之音。是的,此时的人已经化为一个音符,滑入大自然的脉动中。

　　不同性情的人,会有不同个性的钓鱼行为。钓鱼,又在造化人的性情。渐渐,他们不再是以性情钓鱼,而是用鱼钓性情。人、鱼、性情,似乎都模糊了,分不清了。

　　是的,原本,有一种钓鱼叫性情;现在,有一种性情叫钓鱼。

走进马岭河峡谷

走离兴义城不到五公里,喧闹已在身后隐去,眼前处处幽静。我们来到马岭河峡谷。

大自然的神力在海拔1200米的山川上切割出长达74.8公里的马岭河峡谷,峡谷平均宽度和深度都在200~400米之间,最窄处仅50米,最深处达500米。如此之窄,又如此之深,实属罕见。峡谷深幽,群瀑横飞,翠竹倒挂,溶洞相连,钙化奇观,两岸古树名木千姿百态。由于"万峰环绕,千泉归壑,溪水溯蚀,江流击水"的作用,孕育着多姿多彩的"百鱼、百瀑、百帘、百泉"的奇观。

马岭河峡谷有种秘而不宣之美,美得我们可以想象可以回味但真的无法用文字细致地表述。走在峡谷里,我真的什么也不想做,对拍照也失去兴致。这里的美无法凝结于画面,这里的韵是取景框无法捕捉到的。

我们只需要走进,只需要用心感受,便能体味马岭河峡谷神奇中的平淡,安然中的激荡,自然中的生命。走进马岭河峡谷,那份静谧让人抽离了心中的尘埃与躁动。那个喧嚣的世界一下子随风而逝,瞬间,生命好似从昏睡从浑浊从狂奔乱吼中挣脱,超然而纯净。

一切是如此的奇妙。脚步在倾听峡谷的私语,时而柔情蜜意,时而清灵激越。目光在呼吸峡谷的气息,温暖、潮湿、滑润,饱满着大自然的生命。双耳在触摸葱绿翠绿浅绿的心情,还有那红色的温度黄色的跳跃。心魂早已随着蝴蝶在峡谷中飞舞,蝴蝶翅膀扇动的声音就是灵魂在低吟浅唱。

那一丝清风,那一声鸟鸣,那一片野草,那一溜儿的怪石,是风景,更是大自然纯真的表情。这里的一切都是新鲜的,我像是来到另一个世界,可我的感觉是那样的熟悉。似乎,我们已经相遇了千年,一直厮守在一起。哦,原来我的身心都属于马岭河峡谷,马岭河峡谷一直就驻守在我的内心深处。突然间,我有些恍惚,不知道是我走进了马岭河峡谷,还是马岭河峡谷走进了我。

溪流一直依偎着山路,我们走在山路上,心在弹拨溪流这大地之弦。阳光有时如个大男孩一样直扑溪流,率真而热烈;有时又被树叶竹叶剪成五彩碎花飘落,风度翩翩。真不知道是阳光在向溪流吐露心事,还是阳光在点醒溪流的情怀。这时候,我们真不想观赏阳光与溪流的嬉戏或缠绵,只在不由自主地分享它们的交谈。在这个瞬间,溪流与岩石的对话已经消隐,阳光与溪流似乎从集市来到小巷深处耳语。我们听到了阳光与溪流亲近的声音,但不知道那是阳光的热切还是溪流的温存。

飞流直下的瀑布,有的如狂奔的野马,有的如温婉的姑娘,有的如顽皮的孩童。看那瀑布,好似身体修长纤柔的少女,似在抚琴吟哦,又好像信步花丛。突然出现的一道彩虹,仿佛是她怀春的羞色,那些含着晶莹水珠的草儿花儿树叶儿俏皮地看着她。

陡峭的石壁,最高处达上百米,你得以仰望天空的姿势才能凝视到其顶端。石壁上千奇百怪的石头就像乡村晒场上的孩子,调皮而可爱。

马岭河峡谷的峭壁上随处可见厚厚的苔藓,一层层错落有致,就如峭壁的无数双翅膀,好似姑娘的百褶裙。阳光下,它们在飞翔在起舞在诉说着温润的情意。

总是在你不经意间,一潭湖水撞到你眼前。湖面有大有小,个个都如峡谷的眼睛,或水灵,或妩媚,或火辣,或深邃,或俏皮。立于湖边,倒映的身影清晰如画,水草如鱼儿样在轻轻地游,小鱼儿似水草样安静。还是不要站得太久,要不然,这天然的湖会与我的心湖缠绵相融,到那时,湖还在,我已经不知去了何方。

那就走吧。我们的步子轻了,呼吸柔了,话语少了。我不知道我们是不忍吵醒湖的美梦叨扰她的自在,还是在聆听湖的心语,还是我们已经化入了湖水之中。

我们在行走,不需要知道走向哪里,任凭脚步轻动。脚在哪里,身与心便在哪里。我们不需要想什么,水流就是我们的思绪。我们不需故意聆听,轻轻的风儿曼舞的蝴蝶就是最美妙的声音。许多时候,我简直分不清哪是我的心跳声哪是我的脚步声哪是峡谷的天籁之音。

我不是迷失了,而是醉了。

我们走向峡谷深处,因为那里有无尽的诱惑;我们走向峡谷深处,因为那里有无尽的清纯;我们走向峡谷深处,因为我们已经忘记了行走。

走着走着,我们的表情,我们的笑声,我们的心语,我们的身形情魂,我们的一切已经成为马岭河峡谷的风景。

将吃鸡蛋进行到底

我坐在床边,手探进挎包抚摸鸡蛋,一只又一只,它们虽然凉了,但全都安然无恙,我这才舒了口气。一路的颠簸,人快散架了,鸡蛋倒安安全全。不容易啊。十多个小时的路程,我始终把挎包捂在怀里,那动作和母鸡抱窝差不多。

在我们家,鸡蛋基本上不是吃的,而是用来卖钱的。家里来了最尊贵的客人,也就是打两个荷包蛋,在我们那儿叫"蛋茶"。那一年,我哥哥考上大学临离家前,母亲给他煮了二十个鸡蛋,我和小弟一人偷吃了一个,母亲发现后,扬着扫帚狠狠地骂了我们一通,要不是哥哥在一旁劝,那扫帚肯定会重重地落在我和小弟的屁股上。每当我们犯了错,母亲的扫帚总会在我们的屁股上留下一道道红印,没个三五天消不下去。这一次是个例外。

我当兵离家,除了从人武部领到的东西,带的就是挎包里的二十个鸡蛋。母亲一大早起来煮鸡蛋,鸡蛋是她头天晚上挑好的，只只一般大，色泽鲜亮。母亲把煮熟的鸡蛋用凉水过一下，说是吃时好剥壳子。

到新兵连时已经晚上十点多，困乏早把我们这帮兵进营门该有的兴奋打得一败涂地。我们草草吃了点面条，等班长一说出"睡觉"二字，个个倒头就呼呼大睡。第二天，也就是我们到新兵连的第一天，没什么事，听班长说说部队的事，练习练习叠被子整理内务，用班长的话说："你们哪，先熟悉情况，相互间认识认识。"这觉也睡了，营门也进了，累也跑了，一切缓过来的兵们生出了思亲想家的念头。有的傻傻地坐着，有的写信，有的借不停忙活来消解。我与他们不一样。我有鸡蛋，整整二十个鸡蛋。心里一冒出想家的苗头，我就吃一个鸡蛋。一个宿舍里，连我在内一个班长九个兵，我不能让他们知道我在吃鸡蛋，我就二十个鸡蛋，要是一人送一个，我就不多了。不能送给他们，这是我母亲给我的，金贵着呢！送一个出去，我就少感受母亲的一份母爱和温馨，多一份想家的思绪。我一个刚到部队一天没到的新兵，可没多大方。如此这般，我只能偷偷地干活。我手伸进挎包里悄悄地捏鸡蛋，力量不敢大，大了弄出响声就暴露了。由于掌握不好分寸，我弄裂一只鸡蛋要好大一会儿。鸡蛋总算裂了，接下来，我就得去壳。要知道，一只手窝在小小的挎包里，神不知鬼不觉地剥鸡蛋，是有相当难度的。那边一个兵手笨笨地叠出一床看得还算顺眼的被子，我这边的鸡蛋壳才去了一大半，额头上兴许还渗出些汗珠。

后来,我学摄影时能在极小的暗袋里自如地剪装胶卷,把胶卷顺当地捋进显影轴狭窄的轨道中,可能就得益于在挎包里这样剥鸡蛋所练就的功夫。

鸡蛋总算收拾好,我仔细观察周围情况,趁大伙不注意,以迅雷不及掩耳之势把鸡蛋塞进嘴里。鸡蛋进了嘴,我不敢多嚼啊,只是一两下,然后就狠狠地往肚里咽。这是一个极其艰难的过程:鼻子吸口气,牙齿舌头,不,整个口腔甚至是全身都在使劲,脸憋红了,牙根咬得发疼,喉咙涨得酸酸的,鸡蛋才能下去。有时实在吃不消这样的艰难困苦,我就找个借口离开班里,躲在某个墙角或树丛里速战速决,再像什么事也没有样回到班里。我记得有两次我是找的上厕所的理由出去的,其中一次是真上了厕所,那个鸡蛋也就是在臭烘烘的厕所里干掉的。

开始我吃鸡蛋是为了驱走思亲想家的小思想,后来似乎是和它较上了劲儿。你难对付,是吧,我非得对付你。我就不信,我一个生龙活虎、前途无量的新兵,还能败在你这鸡蛋手下?

最后一个鸡蛋,我是在晚上熄灯后将它消灭的。这是一天之中二十次吃鸡蛋中最幸福的一次。我睡的是上铺,这地儿对我的行动大有好处。我钻进被窝像进了战壕,摸出最后一个鸡蛋抚摸着,想着母亲煮鸡蛋的情形,想着家乡的那条河。我没有手电,要是有,我会好好地看看这最后一个鸡蛋,并通过它想想那已经进了肚子的十九个鸡蛋。虽然有些心惊胆战,我还是比较从容地剥

221

鸡蛋壳,第一次把鸡蛋瓣成好多瓣,将一瓣轻轻慢慢地放进嘴里,很有滋味地嚼啊嚼,嚼得粉烂,再一点点地咽。边吃,我边后悔,白天真不该和鸡蛋赌气,这一天把它们全吞下了,以后再想家用什么招支呀? 再说,那十九个鸡蛋,我一点味没品出来,纯粹是在进行一场惨烈的战斗,哪像现在有种享受的感觉。

我不知道吃这个鸡蛋用了多长时间,但我知道那一夜我没睡好。二十个鸡蛋啊,二十个鸡蛋在我肚里呢,我能睡得着吗? 鸡蛋在我肚里提意见,我把床折腾得吱吱叫。

第二天起床后,睡在我下铺的班长关切地问我:"怎么,想家了?"我忙说:"没呀! 没呀!"班长一笑:"还没呢,你整夜都让床在做运动,我还能不知道?"

大约一周后,我父亲来信,母亲专门加了一句,说是让我不要太节省,早点把鸡蛋吃了,要不然时间一长,会坏了的。

教员老黑

我记不住他的名字,也忘了他具体的长相。

姓王,脸黑里透红,蚯蚓样的皱纹一条又一条,话音富有磁性,我的记忆里只残存这么多。我相信他现在站在我面前,我一定不认识。

他是教员,1989年我在武警上海指挥学校时,他教我们《基层管理》。在讲台上头一回与我们照面,他说:"能考上不容易,这学上起来更不容易,我的课,你们可以放心地做自己的事或睡觉,但呼噜大的同学不行,要以不影响他人为准,有人来查课,我会给你们发警报。"这话,我们爱听。

大家在一阵快意放肆的笑声中,喜欢上了这个黑家伙。我们暗地呼他为"老黑"。我们说,王教员黑里透红,与众不同。我们从未当他面这样说过,毕竟教员与学员中间隔着一条河,尽管凭在基层的生活经验判断他不会生气,反而觉着我们和他不外气。

人们都说当兵苦，要我说，上军校才真的苦，我指的是指挥类院校。上军校，对我们许多人来说，是件天大的喜事，我们在进入校门的同时，几乎完成了从穿草鞋到穿皮鞋的人生革命。之所以用"几乎"，是因为得拿着毕业证走出校门才行。要知道学校在实行全程淘汰，稍不留神，就让你走人。文化成绩不好，军事训练上不去，作风纪律不紧张……甚至某天早晨你的被子叠得大失水准，也有回到从前的危险。

文化学习和军事训练同步进行是军校的一大特色，比如上午前两节是在训练场上摸爬滚打，后两节就得到教室里正襟危坐，呈认真听讲状。这时的教室里，教员的口若悬河与浓烈的汗臭味、无法挥去的倦意混合在一起。没人敢打瞌睡，被抓住说不定就要吃不了兜着走了。

老黑刚从基层上来，是位老政工了。而绝大多数教员或从地方高校毕业分来的或在学校里泡久了，他们的共同特点是没有体察学员甘苦的心弦，许多时候不能与学员产生共鸣。老黑身上的兵味，对我们而言是那样的亲切随和。

后来，我们发现老黑大大的狡猾，早已为我们布下了一个温柔陷阱。

他上课不带讲稿不写板书只站不坐，还常常神采飞扬得意扬扬地步入我们之中。他说管理就是要知兵心懂兵事。在这方面，这家伙是个十足的"兵痞子"，说起连队的事一串串一套套，用的也是兵味十足的兵语。我们猜不透他肚里到底装了多少营区口头禅和顺口溜,但谁也不愿放过他的只言片语,到了这份儿上,眼皮再沉的也睡不着了,相反情绪亢奋精神昂扬。到头来,他的课是我们唯一不打瞌睡思想不跑马的。我们竖起耳朵听,捏着笔头记,别的课的笔记本还是新的,《基层管理》课的笔记本用得没几页了。

只要他上课,教室里总是笑声不断。老黑还有一怪,话没出口,就露出两排白牙嘿嘿笑,可讲到笑料时,脸绷得死紧,像每个学员都欠他三吊钱一样。这下可好了,他笑得天花乱坠,我们是一头雾水不知南北东西;我们乐得前仰后合时,他板板正正地戳在那儿跟个傻乎乎新兵似的。

课间休息时,我们这帮烟龄比兵龄长的烟鬼在走廊里排成两排吞云吐雾,老黑当仁不让地加入进来。这当儿他不说话,一个劲地让我们说说在连队时有意思的人和事,并放出了我们无法抵御的诱惑,谁讲得出彩,评卷时加分。我们谁不是为考分而冲锋陷阵?那就开动脑筋翻记忆搜肠刮肚吧。不过,不能没边没影地胡乱吹,老黑精着呢,总能把我们话中过味的佐料揪出来。

离校下到基层带兵,到机关当干事股长,我有很长时间没想起他。直到1999年启动《营区词语》创作时,他重新回到了我的思念里,并再也没走开。

而今,《营区词语》这本目前唯一的兵语兵谣专集已到了读者手中，我更是想念他。那本笔记本不知在哪次该死的辗转中丢失了，但我还是认为他对于我的《营区词语》有着莫大的贡献。一年多来，我多方打听他的下落，一直无果。

我盼望在某一天早上醒来时，他的名字能回到我的记忆里，更渴望能找到他，亲手送他一本《营区词语》，顺便再和他海阔天空地侃侃兵语兵事。

王教员，黑得可亲可爱的王教员，你究竟在何方。

酒宴

在家乡,酒是张标签,是成年人的标签。毛孩蛋只能贪婪地盯着大人们吃酒,并故作夸张地皱着眉头挤着眼睛吐舌头,闻酒味不提,看着也辣,可心里却在盘算着什么时候能从孩子圈蹿到大人堆,不为别的,就为这酒,准确地说应该是酒宴,值。按乡俗,家里来客,小孩子是不允许上桌子的。诱人的菜,神秘的酒,在不知不觉之中就把孩子给拉扯大了。小孩子的想法有时很简单,理想更为直截化、直观化。我小的时候,心里藏的就是这芝麻大小的理想。

关于人何时成年,没有准头儿,尤其在父母面前。较能接受的说法是结婚成家之后,算勉强出线。

例外总是有的。譬如当兵,穿上军装。在部队尚是新兵蛋子,家里人一瞅戎装在身的儿子,总会说,瞧,这孩子成人了,这多精神。听起来惆怅,心窝里甜着呢。年轻的,穿军装显得老成,年长的穿军装来得年轻。这似乎是一条放之四海而皆准的真理。军装魅力的因素构成之中，这算一条。

和平年代，枪林弹雨的刺激悲壮仅存于想象之中。但那种上战场生死离别的一幕，在军旅生涯中至少要上演三次。与亲人泪别，走出家园；离开军营，和朝夕相处的战友痛苦分手。再则，就是结束新兵连的生活。下部队的那天，再刚强的男儿，遇上这些关头，即便无泪，心里也是凄凄惨惨的。

我平生参加的第一场酒宴，就是在新兵连的最后一个晚上，一个细雨纷飞的夜晚。酒宴是我们自己摆的，这和影片的自编自导自演有点相似。说有点相似，因为自编自导自演是一个人的活，我们是六个人。不过，在感情上，我们也是一个人。

我们六个是在家里就熟的小老乡，到了新兵连，就掰成了三份，安在二排的四、五、六三个班里。一班俩，平均分配。新兵连，不允许串班，禁止无事与别班的战士接触。故乡的情结，最终还是被纪律捆住了。平日里，我们像地下党一样接头会合。倒苦水，诉衷肠，发牢骚，交换情报，制定攻守同盟，老乡之间有啥不能说的，有啥不能帮的。是老乡，就是家里人，没有胳膊肘往外拐的。现在想起来，这种老乡关系很嫩，更过于张狂。但在当时，我们的确把它看得至高无上。

一道分兵命令，把我们六人劈成六份，中队与中队之间最近的至少也有一个榴弹炮的飞行距离。想想明天就要单枪匹马闯荡了,我们连组装豪言壮语的劲儿都没有。情急之下,揪住了"壮行酒"这三个字。

晚饭后,自由活动。人是自由了,可心里却不自由。没事干,让你去瞎扯乱想,没情绪也不能硬拽出情绪。我们一合计,趁着这乱劲,摆场酒宴,正所谓乱中取胜嘛! 这是个绝好的机会,干部班长没心思管,平常爱打小报告的,也没了心情。

分头行动之后,晚上八点半,我们悄悄地爬上三楼天台。铺开一张报纸做餐桌,搬块砖头当板凳,罐头午餐肉,罐头鱼,罐头鹌鹑蛋,袋装花生米,火腿肠,品种不少,唯一遗憾的是没有热菜。三瓶莲花泉(一种一块二一瓶的五十度白酒)喂在六个军用茶缸里。刚举杯,入冬的第一场雪就光临了。

天台是个喝酒的好地方。没人会上来,闹腾点也没有人会听到。况且,这会儿,整个新兵连也是乱哄哄的。酒精下肚,酒劲就遍了全身。划拳,没学过,现学现卖不够味。节目总是有的。频频碰杯,共祝美好明天;单个儿教练,互相打气;扯着嗓子号几声,算作引吭高歌。最精彩的还是小胖和瘦猴。他们卖弄起刚学的毛毛糙糙的擒敌拳,煞有其事地拉起架势,搞起了表演,惹得大伙笑得酒气直冒。喝至酒酣耳热,大伙儿一个个都放肆起来。甩开膀子,在天台上又唱又跳,时而仰天长啸,时而俯首沉思,愣是把撒酒疯演得淋漓尽致。实质上,我们中间没有一个真醉,都是借着酒劲,舒展被成天的操课训练整僵的筋骨和心灵。闹了一阵子,一个个都呆坐着,相对无言。如此反复,直至缸底朝天。肚子里蠕动的酒虫,驱走了我们心中忧伤的离别情绪,渐生了许多下中队大干一场的冲动。酒宴,雪中的酒宴,成了我们军旅生涯中的加油站。

就寝号把我们撵下天台。六人之中,唯有我喝酒脸红。他们回班了,我不能。我独自一人在操场上拼命跑了三圈,气喘吁吁地进了班。班长老远瞧见我,就朝我竖起大拇指,我知道,班长是在表扬我这会儿还自觉地出小操,好兵。我没敢停留,端起脸盆就直奔洗漱间,拼命刷牙,细细地闻着哈出的气,直至确认没有酒味,我才又一次进了班。

一夜无梦,这一觉睡得好香。自入伍,这是第一次真正意义上的睡觉。

多年之后的今天,这酒宴积演成一份浓醇的珍藏,储蓄着一份纯真,一份晶莹透亮的情谊。

有了新兵连的这次酒宴,从此我就和酒结了缘分,开始书写我的饮酒历史。

这些年来,我参加过各种各样的酒宴,美酒佳肴,再怎么狼吞虎咽,也吃不出当时那味来。我也曾试着备齐那一场酒宴的酒和菜,相邀早已天各一方的战友重上天台,在一个无雪的夜晚。天台,在家乡的一单位的办公楼上。变了,一切都变了。我想尽了办法,去回味第一次酒宴的感觉,最终,我失败了。

酒宴越来越多,档次越来越高,当初的那份心情还是离我远去,飘落进记忆的最底层。

第一次酒宴,是我骚动青春的宣言,记忆的落叶覆盖了激情和胡闹的脚印。

酒宴,那逝去的酒宴,抑或是扼杀我无知的刑场。走出酒宴,走下天台,我便走出了幼稚,走下了轻浮的高墙。

尽管如此,我仍想召回那远离的酒宴。因为,我总觉得自挥手与酒宴告别的那一刻起,我失去了许多令我今生无法追回的东西。一种步入成年前,迈进尘世的旋涡前的心境。

这是一份割不断的怀恋。

精神家园

　　十一年前春天那个阳光温酥的早上,一位稚嫩的脸上写满窘迫的武警战士,跳水般一头扎进徐州日报社的大门。那便是我——身穿尚未过水依然皱巴巴的警服,肩扛一道杠,入伍刚满百日的新兵。

　　诚如古人所云:千里有缘一线牵。远在千里之外的黄海之滨,承泽潮湿的海风的我,怀抱当兵习武的念头,凭着一股雄猛的青春热血,来到徐州。手中的钢枪,尚未被捂热,便被单位选送进报社学习新闻写作。细细一想,这岂是一个"缘"字能说得了的,虽然,我并非守旧之辈。我怀着朝圣般的虔诚,从火热的练兵场抽身而出,投入报社通联部那特有的书香之中。那时,我并不知道,是《徐州日报》改变了我一生的命运,在我的生命旅程中,《徐州日报》成了我的精神家园,注定让我魂牵梦绕。

　　有点唠叨让人倍感关切的胡锐锋老师,面善心柔双眼特锐利的李瑾老师，几乎每时每刻都叼着烟（烟是大前门的，说话烟不离嘴，那长长的烟灰柱，粘在燃着的烟头上，愣是不掉，至今仍是我所羡慕的）的李俊法老师，等等。他们让我心头始终盈满阳光，一份青春年少的激情，经过他们悉心滋润培植，悠悠地生根发芽，生命里鼓荡起收获的秋风。

颤颤悠悠地捧起有生以来第一篇新闻稿件，字数不多，六百余字，经过几位在新闻行业里摸爬滚打数十载的老师手中的笔砍砍杀杀，剩下的字数不少，六十二个字，那朱红的直线圆圈还有×，满纸一片"血色"，扎得我的眼睛生疼。李瑾老师说，别怪我们残忍，其实像你第一次能写得这样，已经是不错的了。这时，我生疼的双眼湿了，第二天，稿件见报。我的第一篇新闻稿件见报了。拿着报纸，我总想搜寻品味发表处女作的感觉，结果很令我失望，那片"血色"淹没了我。有些狂妄的我，暗暗憋足了一口气，一定要让那片"血色"在不久的将来消失，让自己的稿件一路绿灯。那片"血色"成了我至今（我想，包括以后）的一份动力，那篇面目全非的稿件，如今仍被我珍藏着，我还将珍藏下去。

我走进了报社，报社走进了我的世界，侵占了我的精神领地。虽然，我只在报社学习了 108 天，被采用了 18 篇稿件（这两组数字，在今天看来，颇为吉祥）。然而，她给予我的那份精神、那份动力，却是无法用数字和语言文字表达的。因为在那 108 天中吸收的营养，让我的生命多了几许亮丽。

入伍前，我是搞体育的，当兵是为了练武。这些和文字工作八竿子根本打不到一块儿去，《徐州日报》，就是她，牵着我，迈入了一个崭新的天地。从第一幅照片、第一篇散文、第一篇小说、第一次获奖，到出版散文集、小说集；从一名新兵，到提干，当新闻干事，当宣传股长；从写百字新闻的初学者到写通讯、写报告文学、写散文、写小说；从一味地巴望用稿，到获奖，到出书。《徐州日报》记录下我步上新闻、文学创作之路的每次进步。我常常在想，如若没有我的那第一篇稿件，这以后的第一次都完全是虚幻。

　　三个多月的学习，过得很快。走的那一天，通联部的老师为我饯行。我哭了。不顾男儿有泪不轻弹的古训，哭了，哭得很伤心，也很畅快。在这哭声和泪水之中，浓醇的情感，植入我的心田，一根看不见的线，缠绕着我的心。李老师动情地举起酒杯："报社也是你的家，有空儿来看看。"

　　这么多年来，我常去报社。每去一次，我的心灵都受到一次熏染，我的精神又多了一份领地，常常是在工作中遇到挫折，心情沉闷之时，我会到报社，找找熟识的老师，说说聊聊。报社，成了我阴郁的心灵散步轻松的牧场。到报社，我总有种到家的感觉。真的。

　　我要说，《徐州日报》的老师们，谢谢你们！

　　《徐州日报》将是我今生永远的精神家园。

九棵树,你们还好吗

十八岁前,我没栽过树。那时候,我家乡最多的就是树。房前屋后,田间地头,河边路旁……树在村庄里是最张扬的,似乎没有它,村庄就如同人丢了魂似的。在我的记忆中,没人栽过树,只有人们挥着斧头砍树拉着锯锯树。看到树轰然倒地,我们乐得像过年。

十八岁后,我参军到部队,年年会植树。部队的高度集中统一,使得植树也是集体行动。想想,感觉挺棒。在来回的路上,我们身着迷彩服,像扛枪样肩着铁锹或镐头昂首阔步,步伐似刀削,呼号如喊山,一首首军歌唱得我们脸红脖子粗,阳刚的激情仿佛脱缰狂奔的野马。这哪是植树,分明比打靶还有气势。十几年来,我只有过一次纯粹个人行为的植树。

那时,我在一武警机动大队当排长,每周都要带着兵们进行三次越野训练。为了提高单位时间里的训练质量,我们总是急奔四五公里后登上营区后面的那座山,在山顶稍作调整,再折回头。山顶上是块半个篮球场大的空地,只有些杂草,没一棵树,这使得山的模样犹如一个秃顶的男人。去的次数多了,我就琢磨,这里有树该多好,我们可以靠树而坐抽烟聊天,可以倚树而立看山下的风景看如火的晚霞,可以冬天挡风夏天遮阳……想法有些天真不切实际,但我真是生出在山顶植树的心思。这是冬天的时节。

这样的心思在我心里埋了一个冬天,到了夏天,终于和树一样发芽了。一天,我请假谎称到城里办事,去一老乡家买了九棵松树苗,顺便借了一把锹和一把镐。老乡见我一人又是找树又是拿工具,很是不解:"怎么就你一人?"我知道,在老乡的心目中,部队栽树都是统一行动的。上了山,我长时间地打量这块我经常光顾的空地,而后坐在刚吐绿的野草上,点燃一支烟,想象着栽下九棵树后的情形,想象着我们再越野到这儿时会是什么心情,想象着几年后十几年后这些树会是什么样子。

喂饱了想象的感觉,我甩开膀子干起来。树苗小,用不了挖多大多深的坑,可山上石头比土多,几乎每锹每镐都能碰到或大或小的石头。山里很静,铁锹和镐撞击石头的声音显得格外响亮、清脆。有了这美妙音色的陪伴,我的劲头更足,我觉得不是在挖坑,而是在与大地合奏一曲欢快、醉人的乐曲。有了这样的念头,我的动作渐而舒展起来,还应和着某种节奏。人啊,只要想找寻快乐,处处可觅,更何况劳动呢? 身子发热了,我脱去迷彩服;

冒汗了,我干脆只留一件短袖衫。一个上午的奋战,我让九棵树立在了山顶,在微风和温暖的阳光中,接受我的检阅。我在擦干汗水的同时,获得了一种劳动带来的快意和满足。九棵树,一棵在中间,其他八棵呈圆形围着。我想我是有意这样做的,可到如今我都没悟出我为什么要这样做。高兴啊,快活啊。只是没过多久,我发现了一个严重的问题,我没想到给树浇水,也就没带这样的工具,而且山上没水,最近的水源离山脚也有里把路。我一下子傻了,跟树一样呆站着。

一直傻下去,也不是办法。我下山又到老乡家,还了铁锹和镐,借了两只水桶和一根扁担。老乡说:"小伙子,松树抗旱,今晚上还有雨呢,别有力气没处用!"我愣了一下,还是谢了老乡的好意担水上山。平常爬山还算好,肩上有了两桶水,就不是滋味了。更要命的是,得提防桶里的水泼出去。到了半山腰,我真的不想再上了,恨不得就地提桶倒水然后下山走人。经过短暂的思想斗争,我还是上山了。这趟挑水上山,抵得上我好几次十公里的越野,尤其是扁担压得我嗷嗷叫,磨得我龇牙咧嘴,标准地在做苦工。好在,桶里的水没少多少,这让我的辛苦没白费。说实话,两桶水浇不透九棵树,可我实在没力气了,也丧失了意志,只能对不住树了。我寄希望于晚上有场大雨。这一夜我一直在等雨,直到雨如愿而至,我才睡着了。

在机动大队的两年,我见证了九棵树的成长。离开机动大队后,我每年都会去看一看。离开那座城市后,我就一直没去看过,如今已有五年。最近读了日本作家大江健三郎的散文集《在自己的树下》,书名与他的祖母讲的一个故事有关:每个人在山谷中都有一棵属于自己的树,人的魂灵从树的根部那里出来,钻进刚出生人的身体里。所以人死的时候,只是身体没了,而灵魂会返回树根里去。我不知道我的家乡有没有这样一棵属于我的树,如有,又会是哪一棵。我在下面玩耍的那一棵,还是常坐着它的树根听爷爷讲故事的那一棵?我不知道,知道了也没办法了。因为,那些树早已倒下。但我觉得我栽下的九棵树,是属于我的。因为,无论我走多远,离它们多久,我总要想起它们。父母在,不远游。有了这九棵树,我走得再远,灵魂常常在它们周围。我想,我是这样的。

九棵树,你们现在好吗?

看着月亮吃月饼

那年,我到大山深处的一个执勤点采访。从支队到执勤点有多远、路上拐了多少个弯、爬了多少个坡,我不知道,只是觉着越野吉普像个醉汉左摇右晃,满眼的浓绿闪着黝光。

执勤点的东南北三个方向都是高山,唯有西边有一条通往外界勉强算是路的狭窄通道。初来乍到,我竭力仰着脖子欣赏如丝绸般润滑亮泽的青山,心想,这真是难寻的好地方。陪同我的陈干事见我十分入迷,便说:"刚来时都是一样,日子长了就不行了。"我笑了笑,不以为然。

我们到的第二天是中秋节,这不是特意挑的日子,只是赶到点上了。倒是张干事有备而来,带了不少的月饼。白天,点上的五个兵各干各的工作,从他们的表情和行动上看不出一点中秋节的气氛。这让我有些沮丧。本来,我是看好山里兵过中秋节这一新闻亮点的。

晚饭后,我说大伙坐在一块儿开个小小的联欢会,尽可能把中秋节过得热闹些。那位长得颇为壮实的点长不以为然,说:"不要吧,大家伙在这儿这么着安安静静早习惯了,不开比开要好多了。"我问:"怎么,就这样?"点长看了看我说:"有想法哇,但恐怕不好办。"

在我的再三要求下,点长才极不好意思地说出了蕴藏在兵们心中有关过中秋的美好盼望。原来,兵们在这里,常年见不到月亮,就是有,那月光也是洒在半山腰,与满山大雾融在了一起。

大概是八点钟的样子,张干事和驾驶员在点上留守,我和五个兵揣着月饼上山。山真是太高,我们只是到了半山腰,便爬不动了,幸好月亮就在我们的眼前。由于山雾的缘故,月亮像披着面纱一般,现出梦幻神秘的美。兵们席地而坐,不说话,只是喘着气痴痴地盯着圆月。我不忍打扰他们,我知道,这也许是他们当兵期间最为幸福美好的时刻。渐渐地,兵们的喘气声如漫山的雾一样若隐若现了,个个脸色潮红,有两个兵眼里还晶晶亮。这中间,就有点长。我用胳膊肘点了他一下,他回过头,悄悄地对我说:"在这儿当兵四年了,今天是头回看到这圆圆的月亮。"我发现他的表情醉了,一种大美的醉。

点长就是点长,看了半个多小时的月亮,他起身对兵们说:"吃月饼!"兵们从袋中摸出月饼放在嘴边,却迟迟不往嘴里送。点长声音提高了八度:"听口令,看着月亮吃月饼。"

下山的时候，兵们仍旧如上山一样默默不语。我不知道他们是沉浸在望月的意境中，还是正细细咀嚼月亮、月光的味道。只是从那以后，在每一个中秋月圆之时，我总想起点长的那句口令："听口令，看着月亮吃月饼。"

老年新生

　　说句觉悟不高的话，我参军是因难以承受高考落榜的打击。从失败的阴影中脱逃，注定要挖空心思走进阳光地带。因此，上大学的梦想，一直在我心中发酵。这一过程实在是够长的了。当我迈入解放军艺术学院大门时，已是三十一岁了，有着十四年的兵龄，实打实的老同志新学生。军艺不是老年大学，因而，我这个老年新生一点也不浪得虚名。

　　梦圆的亢奋是暂时的，等待我的是长久的尴尬和不安。

　　据说，军艺是世界上唯一的军队艺术院校。而在我看来，军艺也是难得的一所学生年龄分布很广的学府。最小的是舞蹈系的中专班的小朋友，和我一同入校最小的才八岁。放眼全校，像我如此高龄的少得可怜，即便与我相差不大的也不在多数。

　　在部队，我是宣传股长，股里有副营职干事，十来个连职指导员把我当首长看。在团级单位，我算个中层干部吧。到了军艺进了文学系,我是一名普普通通的学生,我的师兄师姐大多刚二十出头,没挂红牌牌前的警衔多为下士、中士什么的。他们是我的师兄弟弟师姐妹妹。楼上是舞蹈系,那帮小师兄小师姐见到我,稚气十足的"叔叔"声不绝于耳。同系的学生,则不约而同称呼我"股长"。直呼我名,他们不太好意思,真是难为他们了。他们的本意是尊敬,给我的感觉却是惶惶不安和无尽的惆怅。这称呼是一条河,我与他们只能隔河相望。

代沟,这个可怕的词出现了,如同一记重拳砸得我眼冒金星。

我是个很想玩很能玩的人,但没人和我玩。他们不是嫌弃抑或孤立我,而是尊重与敬畏并存。他们有理由这样做,我却没理由不让他们这么做。是啊,虽同为学生,我毕竟大他们太多,我毕竟当过股长。我们都在试图接近对方,但均以失败告终。他们的身体与话语青春毕露,而我的一切似乎已老朽,至少已没有他们那般的昂扬和流畅。比如说起上世纪 80 年代初的事,我有亲身的体验,而他们那时人事不懂,一门心思在牙牙学语晃晃悠悠地学走路。话不投机嘛!再比如,军艺多美女,这是人所周知的。美女出现在眼前,我是要多看几眼的,可那帮师兄师弟不乐意了,说我都一把年纪了,不该有如此非分之想。一句话,既扼杀了我的欲望,剥夺了我看美女的权利,又使他们少了一个对手。这帮臭小子,全然不顾我的死活了。他们也有求我的时候,取经是最重要的。自然是向我讨教"泡女生"的绝活儿。说实在的,在这方面,我的理论和实践经验都严重匮乏。但在他们眼里,我是过来人,早已过了扫盲期。

对付他们,好办。把那些从书上看来的在日常交往中听来的一搅和变成我自己的,再兜售出来,效果不错,远远超乎我的想象。看来,"知识就是力量"这话真不能小看。当然了,和那些师姐师妹一道的时候,我得装很老成很坐怀不乱的样子,跟柳下惠比,有过之而无不及。不装不行啊,我是股长耶。唉! 你说惨不惨?

许多时候,我极度地讨厌自己,太没出息了,整到这么大才来上学,弄得自己尴尬别人也尴尬。许多时候,我又替自己欣慰,总算梦想成真了,在我的同龄战友中,我是多么的幸运。真是矛盾。

到如今,这矛盾依然困扰着我。不过生活中的矛盾实在是太多太多,这一点又算得了什么。我得尽心尽力演好我这个老年新生的角色。

最后我声明一点,我是人老心不老,仍可聊发少年狂。嘿嘿!

难忘那红肩牌

那年,我走进军校,挂上红红的肩牌,心中又飘起了一面红红的旗帜。授衔后,我站在武警上海指挥学校的大牌子下拍了一张照片,洗了许多张,像邮寄信函广告一样分寄给我的亲朋好友。这举动,是当年我步入新兵连时的克隆。事实上,军校生活与新兵连生活有着许多惊人的相似之处,两者都是军队铁的纪律的形象大使。

我们尚未欣赏够红肩牌,就得知横在我们面前的是似壕沟的三个月的强化训练,跃不过去的就得打背包回老部队。考不上不算丢人,来了再被淘汰,无论如何面子上是过不去的,况且军校还维系着学员的前途和命运。我这才意识到红肩牌并不好扛,稍不留神就会被它压趴下。

我们校长是个奇怪的家伙,个儿不高,往那儿一站却威严冷峻,活脱脱的标准军人形象。最怪的是我们在两年的军校生活中,从未见他稍息过。只要在我们目光的射程之内,他都是正正规规的立正姿势,后来我们送了他一个绰号:"不会稍息的校长"。现在他的名字和容貌我已记不清,但这绰号却依然记得清清楚楚。

那天我们在进行单双杠训练,一场大雨即将来临,教员一声"下课",大伙因急着收衣服,收操时没有按规定列队带回,器械场顿时成了放鸭场。倒霉的是偏偏让校长那小小的却像刺刀般锐利的目光逮了个正着,一阵紧急集合的哨音把全体学员拉到大操场。校长命令我们围八百三十五米的跑道列队喊番号跑十圈,为作风散漫付出代价。雨开始下了,校长站在起点也是终点,我们在风声、雨声、脚步声、番号声中疾奔。公务员以冲刺的速度拿来雨伞,却被校长一个挥手挡开了。雨越下越大,校长浑身上下都湿透了。夏末秋初,天气已有些偏凉,我们在运动着倒无所谓,而这位上了年纪的老兵怎能撑得住。一些学员于心不忍,便推举一代表恳求校长回去,面对我们滚烫的心,校长冷冰冰地吐了两个字:"归队。"将近一个小时,我们重新聚集在校长面前,他只说了一句话:"这才像军人。"回到宿舍,炊事员送来一盆热气腾腾的红糖姜汤。听炊事班长讲,他们这是在执行校长的命令。后来好几天,我们没有见到校长,据说他感冒发烧卧床不起。这让我们羞愧,更令我们体味到了什么样才是真正的军人。

1989年国庆之夜,上海外滩首次实施先进的亮化工程,万国建筑溢彩流光,美不胜收,前来观看夜景的有二百多万人,我们奉命前往执勤,协助维持秩序。因游人太多,需要形成环状顺流,我所在的学员四队担任静态勤务。说白点,就是人与人间隔十公分面向人流立正着,起到交通护栏的作用。从下午六点进点,至夜里十二点收队,我们中间只轮流休息过一次,时间二十分钟。执勤,实质上演变为拔军姿。上头有监控摄像,眼前是校长、大队长、区队长等大大小小数也数不清的干部的手电光晃来晃去。等接到收队的命令,我们都无法动弹了。长时间的立正之后,我们全身的肌肉关节先麻木而后僵硬,活动了许久,仍然有一些学员靠他人的连架带拉才能登上平时一跃而上的大卡车。

军校没有普通大学的浪漫风雅,有的是直线加方块的拉直绷紧。学员似被压进枪膛的子弹,时时处于待发状态,这方面,军校比新兵连还新兵连。作息时间以分钟计算,有时甚至精确到秒。想领略上海大都市的风采,要像当年购买紧俏商品一样排队,每一个周日每个班只能外出一人,时间为两小时以内。出去的看表的节奏快赶上呼吸的韵律,大门哨、学员队值班员卡着秒表。超假,没有理由,有的是给你颜色看;明天要考试了,晚上你想开开夜车门也没有,灯一熄统统上床睡觉,什么小动作也休想搞。对我来说,这些倒能应付,最要命的是不许抽烟。我这老烟鬼如入白区,整天玩地下工作。许多时候,烟刚点着就有情况,害得我赶紧隐蔽转移。慌忙中总要出错的,这不,我的那几套军装口袋都是伤痕累累。这也算一份纪念吧。

　　当学生，又为军人，这角色不太好扮演。所幸，校园里也不乏一些快乐的事，尽管不能过足瘾，但如同在沙漠中行走，有点水哪怕浑浊总比没有强。有一次凌晨两点，中国队与喀麦隆队要在绿茵场上决一死战，我们球迷集体向大队长请愿，要求在电视机前为中国队加油助威，算是爱国主义的具体表现吧。无奈大队长只守纪律而"不爱国"，拒绝了我们合理的、群众的呼声。没办法，我和几个铁杆球迷冒着前所未有的危险潜至四楼电视房门前，正想用卡片拨开门锁，却惊奇地发现门虚掩着，进屋后隐约看到黑板上有字，细瞧是大队长写的：学员球迷，观看比赛必须使电视静音，不得有任何声响。那次比赛，中国队死臭（当然，中国队到今天也没香过），而我们不能痛骂不能跺脚。后来我看到一幅漫画，丈夫看球，妻子将其绑在椅子上，嘴里塞着毛巾。我想，大队长那"必须"那"不得"就是绳子、毛巾。尽管如此，我们挺高兴挺感激大队长的。现在想起来，那场球赛真是难忘。

　　终于要离开了，这是我们盼望已久的。然而走的那天，我们个个默默无语，往昔的那种胜利大逃亡的喜悦已被伤感淹没，心中泛起的是对军校的恋恋不舍。再苦再累不流泪，告别时我们却个个泪流满面。

　　如今，我已离开军校近十个年头了，遥想那段扛红肩牌的生活，依然有些后怕，但更多的是怀念和无法割断的思恋。昔日的煎熬发酵成一笔巨大财富,垫高了我守望的基石,为我的军旅生涯注入生生不息的原动力。

军校,我曾经诅咒过你两年,但我将爱你一生。

一根生日蜡烛

　　油库坐落在市郊,林立的油罐享受着我们的护佑。小小的执勤点,七八个毛头小伙,我是这儿的最高首长——班长。别看人稀枪少,但军中无小事,我也自然地就和忙有缘了。这不,再过两天,就是张阿根十八岁的生日,我正为这事犯愁呢!

　　阿根是刚入伍的新战士,他来自沂蒙老区的一个小山村。在他六岁那年,父母先后撒手西归,从此他过着吃百家饭、穿百家衣、睡百家床的生活。乡里乡亲穷得要命,可一种朴素的情感给了他尽可能的呵护。五谷杂粮、苞米黑面,让他长成了壮小伙。初中毕业后,他不愿再连累左邻右舍,便走出大山参军到了部队。虽说凭他的学习成绩上高中没问题。

　　过生日,我们班的传统是一大碗面条、两个荷包蛋,虽说简单,但颇有寓意。可阿根是个孤儿,在我们班是个特殊人物。既然是与众不同,那就该让他的生日过得特别一点,至少也得表达一点我们之间的战友情,让他体会到部队这个大家庭的温暖。这不大不小的事真把我给难住了,熬了整整两个通宵,愣是没有想出招来。看样子,还得依靠群众的力量,发挥集体的智慧。主意一定,我召集两位党员老兵,召开党小组紧急会议。"三个臭皮匠,赛过诸葛亮。"老话就是有道理,经过近一小时磋商,计划出台了:订做生日蛋糕,买张生日贺卡,开个小型生日晚会。这回轮到我发号施令了:"所有费用由我掏,你们一个人负责晚会的筹备,一个人明天抽空到市里把蛋糕、贺卡的事给办了。"我知道,大伙就那么一点津贴,手头都不宽裕,我嘛,平常还能挣些外快——稿费。这钱,理当由我出,虽然大伙不同意,但我毕竟是最高首长,有决定权。为了给阿根一个意外的惊喜,我再三叮嘱这事要对阿根绝对保密。

一切准备就绪。那天晚饭后,大伙在电视室看电视,"啪",灯被拉灭了,电视被关了,没等大伙儿反应过来是怎么回事,我端着插了十八根蜡烛的蛋糕从门外飘然而至,身后飞出副班长用笛子独奏的生日歌。烛光、笛声溢满了整个屋子。"阿根,今天是你的生日,我代表全体战友祝你生日快乐!"没想到,阿根僵住了,坐在那儿直愣愣地盯着写有"张阿根生日快乐"的蛋糕。过了好一阵子,他的眼睛里闪出泪花。"阿根,快许个愿,吹蜡烛、切蛋糕吧,大伙等着呢!"我边说边递上了刀子。岂料,阿根没有伸手接刀,却"唰"地一下子站了起来,给大伙来了个标准的敬礼后,便把十

251

八根蜡烛拔掉了十七根,蛋糕上只立着孤零零的一根。我一下子愣了:阿根这是犯的哪门子邪。大伙也都把不解的目光送给了阿根。短暂的沉默过去了,阿根终于开了口,阿根说他在家只要能吃饱就知足了,过生日,对他来说,只是意味着又长了一岁,其他的什么也不敢想。就这蛋糕和生日贺卡,他长这么大,不要说见过,连听都没有听说过,十八岁的生日是他有生以来过的第一个生日,插一根蜡烛才对。那天晚上,阿根说得很多,一个晚上的话比他当兵半年说的话还要多,说着说着,阿根猛地朝着家乡的方向一跪:爹、娘,孩儿今天过生日了,大伙儿给买来了生日蛋糕,你们放心吧,孩儿过得好着呢。我没有想到,这生日蛋糕会使阿根如此激动。听着阿根的话,我的眼眶湿润了,再一看大伙,也都一个个在擦眼睛。我赶紧扶起他说:"阿根,别这样,今天是你生日,应该高兴才对,快切蛋糕吧!""对,对,高兴! 班长,我这是太高兴了! 我切、我切——"阿根擦净泪水,第一次露出了开心的笑容。那天,阿根异常的活跃,在看大伙表演节目时,还主动上台来了两段山东小调。这以后,阿根一改原来的忧郁、沉闷,成了一个快乐的男子汉。后来,在我调离执勤点时,阿根拉着我的手,动情地说:"班长,你给了我最真诚的祝福,也给了我崭新的生活。"

　　许多年后的今天,我始终忘不了那插着一根蜡烛的生日蛋糕。那根蜡烛仍在我心里燃烧。

走在理想破灭的路上

　　说起来，我到图书馆工作的动机很不纯。

　　当兵，为了练武，到部队后，总是咬定成为优秀的军事干部这一目标。按照部队的行话，我是标准的生长型干部。高中毕业参军，当战士的那两年多里，我干的主要是文书的活儿，考上初级指挥学校的内卫指挥专业，后来经过成人高考完成了大专和本科的学业。提干后，带兵习武，学摄影搞新闻报道，从事宣传教育工作，业余时间写些小说、散文和文学评论。我在基层部队待了十多年，部队一般性的工作我几乎都涉足过，但我从没有想到，后来我会走进图书馆。

　　2002 年我从武警江苏总队调到武警森林指挥学校后，几乎所有的人只知道我是搞文学创作的，一些人甚至还认为我是所谓的学生官，那个军事上有不少成绩、政工战线不乏得意之举的我，一下子没了。再加上一些别的原因，我就想找一个清静的地方待

253

着。那时,学校有个图书馆,一间藏书,一间阅读。书有八千多册,报刊几十种,去借阅的人不多,只有一个战士管着。我想这地方好啊!没人打扰,我可以与书相伴。我理想的场景是,泡壶茶,坐在书架间看看书想想事,多美妙的时光。我去找领导,领导先是惊讶,后来答应得干脆。是的,谁也没想到我会主动到图书室去。小小的图书室早被大家忽视了。我到图书室,在大家眼中就好像自甘入冷宫一样。我不管这么多,因为我揣着一个美梦。在大家不解的目光中,我偷着乐。就这样,我工作关系挂在文化教研室,人成为图书室的管理者。

在接下来的半年里,我确实挺悠闲,除了编了两期学报,其他没做多少事。不过,有一件事还是引起了不小的震动。

图书室书不是很多,可过期的报刊不少,尤其是期刊,从上世纪 70 年代以来的,拉拉杂杂地堆在角落。我用了一个月的时间进行了分门别类,觉得应该进行装订,这样便于保管和使用。为此,我打了报告。没想到,凡是了解情况的人,都认为这些报刊太旧,没什么用场,还装订干什么。有些人居然用异样的眼光看我,好像我装订报刊是别有用心。我要做的事,就得做。我说服了领导,让散乱的报刊有了统一的样式,能够站立在书架上。在一般的图书馆,期刊上架是正常得不能再正常的事,可对于我们图书室而言,是一次壮举。这事,到现在我都引以为自豪。

我理想的破灭,是从那个早上开始的。那天是 2003 年 3 月 8

口。

我们学校原先在哈尔滨,计划要迁京办学,到了 2003 年初,新校已经基本建成了。新校园挺漂亮,设施也比较完善,自然也就有了专门的图书馆。3 月 7 日下午,校务部长将图书馆内部场馆的规划图交给我,说是让我看看,第二天一早送到校长那儿就可以了。

第二天一上班,我进了校长办公室,把图纸放在他桌上。校长问我有什么意见,我说不错啊,没意见。我一想,让我看图纸时没提要我提意见的要求啊。校长说,以后这图书馆就由你管了,有意见现在提,要不然,到时候你再说这不好那不行,就是你的责任。一听这话,我就不客气了。我用了半小时向校长汇报了规划的种种不周之处,提出了新的设想,甚至还向他描绘了我心中图书馆的样子。说真的,我根本没想到,我说的话还挺专业的,对图书馆建设的想法还有些超前。也许,这是我多年爱泡图书馆的额外收获吧。

校长听完,一挥手,你今天晚上就去北京,新馆的后续建设你全权负责。

从两间图书室到一栋楼的图书馆,体量上的飞跃是巨大的,从管管书到图书馆馆长,个中的变化更是深不可测,况且,我是个没有任何专业知识储备的门外汉。还有,我们图书馆虽小,但与大型的图书馆相比,正所谓麻雀虽小,五脏俱全,在管理、工作流

255

程以及诸多方面,只会是浓缩,而不可能缺少。几年来,我们图书馆工作人员一直保持在十多名,除了我和另外一名干部(这干部和我一样,也是生长型干部),其他人多是临时工和士兵,只负责日常的场馆管理。两个来图书馆前与图书馆工作一点不沾边的人,要把图书馆建得很专业,这担子要多重有多重。

当然,也有令人欣喜之事。虽然图书馆的楼建好了,没有太多的变动余地,但往房子里装什么,怎么样装,我可以做主,可以尽情地把想法变成现实。阅览室的桌子,我订那种宽宽大大的,能够让读者有良好的心理安全距离;书架,我选材质最好的,在保持通风效果的前提下,密集一些,可以在有限的空间里多藏书。最令我兴奋的是,我把建设数字化图书馆,实行全程的电子馆务变为了现实。说实话,这些与我有多少专业知识无关,更多的来自我作为一个读者的感受和想象。

我们馆大厅迎面是"知识就是力量"几个金光闪闪的大字,这是我来前已经装饰好的。后来,我的感觉还是这几个字,不过次序颠倒了。

开馆前的准备工作,我只有四个月的时间,所有的工作由我与另一名干部两人完成。这中间,时常有领导来参观视察。我们怕啊。领导来,我们就要打扫卫生。偌大的一栋楼,就我们俩人。一有这样的通知,我们肯定是从白天干到晚上,从晚上干到早上。然后就眼巴巴地趴在窗口,等着领导前来。偏偏有时,人家是不来的。可到了下次,我们还得这样没日没夜地做迎接工作。

馆内的软件建设费脑,可采购图书耗力。刚开始,我还挺滋润,采购图书嘛,订好书目是关键,到时人家送货到馆,我们等着就是了。不料,书进馆的那段时间,正值"非典"肆虐,人家只能把书卸到馆前的台阶下。我们俩人先给书消毒,然后搬到一房间进行再消毒。接下来,我们分类排架。也是因为经验不足,加之时间紧张,回回有领导来馆,都想看到书架上的书是按分类排的,我们是来了一批书就倒架一次。两个月的时间里,总计四万册书,我们至少倒了十二次架。到后来,我们手里捧着书都能睡着。每当看到"知识就是力量",我就说,瞧瞧,先得有力量才能有知识啊。

因为人手的问题,我什么事都要亲力亲为,因为我只能先是工作人员,然后才是馆长。我的工作方法,只能是事无巨细。正式开馆前是如此,后来依旧是这样。我们馆内的所有工作,录入数据、粘贴标签、电脑维修、网站设计维护等我都在参与,别的不说,所有图书的索书号,我得一个个复查修改。这里面有专业知识,但对我而言,需要大量的时间去应对。

我总觉得只要用心去学,图书馆专业知识并非多高深,至少绝大多数是可以学得来的。我这样说,无意贬低图书馆工作的专业技术含量以及其独特的价值。其实,自我到图书室后,我就已经开始学习图书馆专业知识。几年来,我系统自学了大学图书情报专业的所有教材和四个版本的图书馆工作系列丛书,利用工作便利订阅了六种图书馆专业期刊。我不放过任何机会,先后到十多家军地图书馆参观学习,并以读者的身份到一些地方图书馆,从读者的角度观察人家的管理方法,等等。我没有因为我们的馆小降低工作标准,反而觉得正因为馆小,才要更科学更专业更精致。比如,我们的图书采购经费有限,那在选择图书时就更要精细。要充分了解本院教学科研的重点所在、学员的学习需求和阅读取向以及当下学科发展的新态势和阅读热点。在保障基础图书的同时,我们突出了军校和本院人才培养的特色,对军版图书和森林防灭火专业图书进行了重点馆藏,保证了这两类图书国内出版部分我们至少拥有 90% 以上,并建起了专门的森林防灭火资料库,以单独的分类进行数据整理和维护。再比如,我在建馆之初,就办起了图书馆门户网站和与此配套的读者论坛,积极争取外援,使校园内的每一个电脑终端都可以登录我们的网站。

这么多年来,我做过许多专业性的工作,得到一个启发:要把一项工作干好干出门道干出成绩,纯粹的专业知识能力其实只占一小部分,其余的都是相通的,也就是我们平常所说的综合素质。我有一个不太恰当的比喻,综合素质是船体,专业知识是动力装置。一条船速度的快慢,取决于动力装置的效能,但如果没有船体,恐怕再好的动力装置也难以发挥作用。

我一直坚信,一个好的馆长,最重要的是要先做一个会挑剔的读者。换句话说,我绝大多数时候是从读者的角度去思考图书馆的建设的。

我们坚持装订过期刊物，并进行数据录入，但我想，一个读者要就某一知识点或专题查阅期刊，那得本本检索，太麻烦了。想到这，我就与软件公司联系开发了含有期刊篇名、关键词、内容摘要、作者等信息的数据库系统，与原有的图书馆管理系统整合在一起。没有专门的录入人员，我们就动员全馆人员参与，制订月工作量。我计算过，按照现在的进度，要完成现有期刊数据录入，得到2010年。对此，有些人觉得这个过程太漫长，工作量太大，而我说，我们做出一点不就有了一点嘛。当然，我从自身做起，带头完成我与大家相同的任务量。

我发现本院常常会下发许多专业性极强的图书、教材和内部资料，分散在各科室和个人手里，流失比较严重，资源共享性差，我在2003年下半年提出了《全校图书文献资料集中建档分散使用》的方案。上级配发、各单位和个人公费购买的所有图书、杂志、报纸等文献资料，统一归口在图书馆建立档案。上级下发的各类图书文献和教材在保证图书馆有三册以上的存本，其他相同部分可不列入存档。公费订阅的报纸和期刊，由图书馆根据馆藏需要指定条目，被指定的条目将在图书馆登记建档。图书馆与使用人或负责人办理长期外借手续，由使用人或负责人长期使用。期刊每年初，相关报纸每月初由各单位交图书馆统一整理，统一装订后入库收藏。为了方便各单位的教学研究和日常工作，各单位资料室的图书文献,图书馆以长期外借的方式,委托各单位负责管理和使用,由使用单位指定专人负责管理所用文献资料,建立管理档案并签字,办理长期外借手续。这一措施在不增加图书采购经费的前提下,扩大了馆藏,更重要的是最大限度地提高了资源共享率。

在图书馆工作了五年,我发现了一件很有意思的事。在馆内我一天到晚忙得要死,时间根本不够用,而馆外的人总以为我很清闲。我想告诉他们,我的事太多,可我总无法表达出来。照理,我的表达能力还是可以的。我说过,我业余时间写些文学类的东西,而且我最初到图书馆工作本来就是冲着可以有更多的时间看书写作的目的,所以这些年,许多人说我找到了一个绝好的地方。什么人见到我,都会关切地问我:怎么样,最近又有什么大作? 会羡慕地对我说,你啊,真有眼光,真有福,弄了个好去处。我能说什么? 说不出来啊。平心而论,到了图书馆,我看写作方面的书反而少了,搞文学创作的时间也少了。这可是与我当初的梦想背道而驰了。

好在,现在我们的图书馆至少在全武警部队还是数得上的,这让我有些成就感。有时,我在窗口看着进进出出的读者,觉得很幸福。一些初相识的人,参观了我们图书馆,或者与我有过交流,竟然会认为我是图书情报专业科班毕业的。不知道为什么,这样的不切实际的评价,居然让我暗地里有些得意。或许这是我的虚荣心在作怪,或许是我需要这样的宽慰,谁知道呢!

"小说家的散文"丛书

图书在版编目（CIP）数据

三生有幸／北乔著. --郑州:河南文艺出版社,2022.4
（小说家的散文）
ISBN 978-7-5559-1285-9

Ⅰ.①三…　Ⅱ.①北…　Ⅲ.①散文集-中国-当代　Ⅳ.①
I267

中国版本图书馆 CIP 数据核字（2022）第 029122 号

选题策划　俞　芸
责任编辑　俞　芸
书籍设计　刘婉君
责任校对　丁淑芳

出版发行　河南文艺出版社
本社地址　郑州市郑东新区祥盛街 27 号 C 座 5 楼
承印单位　洛阳和众印刷有限公司
经销单位　新华书店
开　　本　787 毫米×1092 毫米　1/32
印　　张　8.625
字　　数　167 000
版　　次　2022 年 4 月第 1 版
印　　次　2022 年 4 月第 1 次印刷
定　　价　45.00 元